AF185865

Tucholsky   Wagner   Zola   Scott   Sydow   Schlegel
         Turgenev   Wallace   Fonatne   Freud
       Twain   Walther von der Vogelweide   Fouqué   Friedrich II. von Preußen
                         Weber   Freiligrath   Frey
Fechner   Fichte   Weiße Rose   von Fallersleben   Kant   Ernst   Frommel
                                                                        Richthofen
         Engels   Fielding   Hölderlin
    Fehrs   Flaubert   Eichendorff   Tacitus   Dumas
              Faber   Eliasberg   Ebner Eschenbach
    Feuerbach   Maximilian I. von Habsburg   Fock   Zweig
                         Ewald   Eliot   Vergil
         Goethe   Elisabeth von Österreich   London
Mendelssohn   Balzac   Shakespeare
         Trackl   Stevenson   Lichtenberg   Rathenau   Dostojewski   Ganghofer
    Mommsen   Tolstoi   Hambruch   Doyle   Gjellerup
         Thoma   Lenz   Droste-Hülshoff
Dach   Verne   Hägele   Hanrieder
         Reuter   Rousseau   Hagen   Hauff   Humboldt
    Karrillon   Garschin   Hauptmann   Gautier
         Damaschke   Defoe   Hebbel   Baudelaire
                       Descartes   Hegel   Kussmaul   Herder
Wolfram von Eschenbach   Dickens   Schopenhauer
    Bronner   Darwin   Melville   Grimm Jerome   Rilke   George
         Campe   Horváth   Aristoteles   Bebel   Proust
Bismarck   Vigny   Barlach   Voltaire   Federer
                    Gengenbach   Heine   Herodot
    Storm   Casanova   Tersteegen   Gilm Grillparzer   Georgy
         Chamberlain   Lessing   Langbein   Gryphius
Brentano   Lafontaine
    Strachwitz   Claudius   Schiller   Kralik   Iffland Sokrates
         Katharina II. von Rußland   Bellamy   Schilling
                                Gerstäcker   Raabe   Gibbon   Tschechow
Löns   Hesse   Hoffmann   Gogol   Wilde   Gleim   Vulpius
    Luther   Heym   Hofmannsthal   Klee Hölty   Morgenstern
         Roth   Heyse   Klopstock   Homer   Kleist   Goedicke
Luxemburg   Puschkin   Mörike
         La Roche   Horaz   Musil
    Machiavelli   Kierkegaard   Kraft   Kraus
Navarra   Aurel   Musset   Lamprecht   Kind   Hugo   Moltke
    Nestroy   Marie de France   Kirchhoff
                         Laotse   Ipsen   Liebknecht
    Nietzsche   Nansen   Ringelnatz
         Marx   Lassalle   Gorki   Klett   Leibniz
    von Ossietzky   May   vom Stein   Lawrence   Irving
Petalozzi   Platon   Knigge
    Sachs   Poe   Pückler   Michelangelo   Kafka
         de Sade   Praetorius   Mistral   Zetkin   Liebermann   Kock   Korolenko

Der Verlag tredition aus Hamburg veröffentlicht in der Reihe **TREDITION CLASSICS** Werke aus mehr als zwei Jahrtausenden. Diese waren zu einem Großteil vergriffen oder nur noch antiquarisch erhältlich.

Symbolfigur für **TREDITION CLASSICS** ist Johannes Gutenberg (1400 — 1468), der Erfinder des Buchdrucks mit Metalllettern und der Druckerpresse.

Mit der Buchreihe **TREDITION CLASSICS** verfolgt tredition das Ziel, tausende Klassiker der Weltliteratur verschiedener Sprachen wieder als gedruckte Bücher aufzulegen – und das weltweit!

Die Buchreihe dient zur Bewahrung der Literatur und Förderung der Kultur. Sie trägt so dazu bei, dass viele tausend Werke nicht in Vergessenheit geraten.

Mädchenbriefe

Ottilie Wildermuth

Impressum

Autor: Ottilie Wildermuth
Umschlagkonzept: toepferschumann, Berlin

Verlag: tradition GmbH, Hamburg
ISBN: 978-3-8424-1258-3
Printed in Germany

Ottilie Wildermuth

Aus dem Frauenleben. Zweiter Band.

1862

Mädchenbriefe

Und schlummern alle Kinder,
So träumen sie nicht minder
Von Luft und holden Scherzen,
Von bittersüßen Schmerzen.

Und wenn sie dann erwachen,
Wie große Augen machen.
Viel anders ist es aufgekeimt
Als sich ihr thöricht Herz geträumt.

Und immer doch hielt weich und warm
Die ew'ge Liebe sie im 'Arm.
Drum schlaf, mein Kindlein, schlaf!
Den Kindlein wird's im Schlaf.

Wiegenlied.

*

1. Liebste Julie!

Kaum kann ich vor Wehmuth die Feder ergreifen, wenn ich denke, daß uns nun Berge und Thäler trennen, daß wir so lange, ach wie lange! keine Hoffnung haben, uns wieder zu sehen. Du von mir fern, die Du meiner Seele innerstes Meinen verstanden hast! Ich bin freilich nicht arm an befreundeten Herzen; da ist Ida und Klara, die muntere Henriette und Irene, lauter intime Freundinnen, aber keiner, keiner kann ich so wie Dir alle Falten meines Herzens enthüllen!

Aber was hilft das Klagen?

Entbehren und Entsagen
Macht hier ans Erden reich,
Das Finden und Erjagen
Ist nur für's Himmelreich.

Von mir und unserem hiesigen Leben weiß ich Dir wenig zu berichten, es ist immer das alte: um acht Uhr Klavierübungen, um neun Uhr italienische Stunde, – Du weißt, daß ich mit dem Englischen und Französischen jetzt fertig bin, – um zehn Uhr Generalbaß (man sagt uns, daß Kenntniß im Generalbaß wirklich immer von einer Musiklehrerin gefordert wird); im Institut höre ich nur noch Physik, Astronomie und die Theorie der Kochkunst; Zeichnen und Singen, – bei *Almorini!* – treibe ich nur für mich allein. Es ist mir leid, diese Stunden kosten die Mutter ungeheuer viel, aber sie sagt, es sei ein Kapital für die Zukunft. Ich weiß nicht, wie das ist, aber wir haben immer zu viel nöthig, um sparen zu können, und das Geld ist wieder fort, ehe man dazu kommt, es einzutheilen, dann müssen wir auf's neue auf Rechnung nehmen, und so können wir gar nie mit dem rechten Sparen anfangen, von dem wir doch so viel reden. Die gute Mutter rechnet sich fast zu Tode und ist ganz glücklich, wenn sie nur wieder weiß, wofür all unser Geld ausgegeben wurde, aber fort ist's, das ist gewiß.

Die arme Mutter freilich, die in Glanz und Herrlichkeit erzogen wurde und nun ihre letzte Kraft daran setzt, um mit den Künsten und Fertigkeiten, die der Zeitvertreib ihrer jungen Tage waren, ihre Kinder zu erhalten!

Nun, ich hoffe einmal als Erzieherin eine recht glänzende Stelle zu erhalten, dann soll es die Mutter noch gut bekommen. Ich höre wirklich auch eine Vorlesung über Pädagogik; ich kann es oft kaum erwarten, bis ich junge Seelen bilden kann; am liebsten möchte ich eine Prinzessin erziehen, damit die Keime, die ich in ihre zarte Seele legen dürfte, zum Baume würden, der seine segensreichen Aeste über ein ganzes Land breitete! – Der Traum ist kindisch, aber göttlich schön! – –

Wärest Du noch am Sonntag in der Kirche hier gewesen! nein, diese Predigt von Herrn Lambert! Er sprach über des Christen Kampf und Sieg: Antworten auf die tiefsten Fragen unseres Herzens. Ich hatte ein wenig nachgeschrieben und wollte es Abends für Dich in's Reine bringen, aber Don Juan wurde gegeben, und obgleich ich die Mutter nicht gern zu der Ausgabe veranlasse, so meinte sie doch selbst, es sei für meine musikalische Ausbildung nöthig; die Nina sang einzig, ganz göttlich! Ja, was ich sagen wollte, nun ist mein Concept von der Predigt verwischt, weil's mit Bleistift geschrieben war; ich hoffe ein andermal besser Zeit zu finden.

Deinen Hut, liebes Herz, will ich erst besorgen, wenn der meine fertig ist, er muß ganz gleich werden:

> Zwei Seelen und Ein Gedanke.
> Zwei Herzen und Ein Schlag.

Ich sage Dir, der meine wird allerliebst: weiß, auf der Seite nur Eine dunkelrothe Kamelia mit Sammetlaub, die Blume macht ihn sehr theuer, aber die Mutter meint, es sei besser gespart, wenn man gleich etwas rechtes nehme, und es ist Wahr, die theuren Kornblumen, die ich im vorigen Jahr kaufte, sind noch wie neu; wenn man einmal wieder Guirlanden trägt, kann ich sie gut brauchen.

Aber das Papier geht zu Ende und wie viel wüßt' ich Dir noch zu sagen! Die Mutter schilt, ich soll nicht zu viel sitzen, der Doktor fürchtet eine Bleichsucht, ich soll mir Bewegung machen. Bewegung im Schloßgarten, wo ich jedes Blättlein auswendig weiß, von den langweiligen Pomeranzenbäumen am Eingang bis zu den langweiligen Genien am Ausgang!

Die Bleichsucht? – könnte es nicht auch die Schwindsucht sein? wäre ich die erste Blüthe, die welkt, eh' ihr der volle Frühling ausgegangen?

> Warum weilst du, stiller Knabe,
> Mit dem tiefgesenkten Blick,
> Noch verhüllst du deine Gabe.

Streckst die Fackel scheu zurück.
Willst du zagend vor mir fliehen,
Weil mein Lenz mich noch umweht,
Jugendlich die Wangen blühen
Und im Haar die Rose steht?
Ach, die Blum' in meinem Haare
Gieb mir freundlich in das Grab,
Grün begränzt sei meine Bahre,
Eine Rose fall' ich ab – –

Du, meine Theure, Du wirst mein nicht vergessen, wenn ich frühe scheiden sollte, und ich werde Dir nahe sein im Flüstern der Trauerweide auf meinem Grabe.

Aber ich muß schließen, Herz, es ist sechs Uhr vorüber und heut ist unser französisches Kränzchen, und weißt Du, ich trinke den Thee gern warm.

Leb wohl, Du Glückliche, die ausruhen darf am Busen der Natur! Die Mutter grüßt Dich mit mir. In Eile

Deine ewig treue Fanny.

N.S. Wenn Du Deinen Kragen noch nicht angefangen hast, so laß es lieber, man trägt jetzt nur kleine Chemisetten.

*

2.

Höre und staune, meine Theuerste! Das ist der letzte Brief, den Du aus den todten Mauern der Hauptstadt erhälst, ich gehe auf's Land, liebstes Herz, auf's Land!

Fern von der Menschen Streben
Bin wieder frei gegeben
Der alten Einsamkeit,
Wie's Vöglein singt in Lüften,
Ausströmt die Blum' in Düften
Wohl all ihr Herzeleid.

Ja, das hat sich wunderbar gefügt.

Die Mutter und ich wußten kaum, daß Vater einen alten Onkel, Gutsbesitzer weiß nicht wo, hat, mit dem er seit langen Jahren nicht mehr zusammen kam. Er hat, glaub ich, Vaters Heirath nicht gern gesehen. – Nun, der Onkel kam, ich glaube seit Olims Zeiten zum erstenmal wieder in Geschäften hieher und wollte bei der Gelegenheit doch nach der Wittwe und den Kindern seines Neffen sehen.

Er ist ein recht guter Mann, der Onkel, etwas eigen, etwas, – ich möchte nicht gern sagen roh, aber wie man eben auf dem Lande wird, und ziemlich materiell. Er wußte der Mutter seine Liebe und seinen guten Willen nicht besser zu zeigen, als daß er ihr Viktualien aller Art heimlich in die Küche stellte, bald eine Weinflasche, bald Würste; einmal zog er sogar einen Hasen aus seiner eigenen Tasche. Nun, der Wille war gewiß gut, am glücklichsten hat er mich gemacht durch seine Einladung, auf längere Zeit zu ihm auf sein Landhaus zu kommen. »Das schmächtige Töchterlein geben Sie mir mit, Frau Nichte, die soll sich bei uns rothe Backen holen, wird ihr auch nicht schaden, wenn sie einmal sieht, wo das Brod wächst und daß man die Milch nicht aus dem Brunnen schöpft, wie in der Stadt.«

Das war ein Himmelswink für die gute Mutter, die sich schon lange mit Plänen gequält, wie sie einen Landaufenthalt für mich möglich machen solle, und für mich! – ich hätte laut jubeln können.

Süße, heilige Natur,
Laß mich gehn auf deiner Spur.

Der Onkel reiste gleich ab, morgen werde ich nachfolgen, nachdem endlich, nach unendlichen Mühen, meine Ausstattung für den einfachen Landaufenthalt besorgt ist.

Die gute Mutter! sie hat ihren Hochzeitschmuck aufgeopfert, um alles recht herzustellen, sie hatte ihn mir zum Brautschmuck aufheben wollen, – mir zum Brautschmuck! – arme Mutter! – sie weiß nicht, daß ihr Kind diese Träume längst begraben hat und getrost einer einsamen Zukunft entgegen geht, die es sich schmücken will mit allen Blüthen der Freundschaft und der Dichtung.

Bereits ist alles fertig und gepackt. In zwei Koffern, drei Schachteln nebst der Hutschachtel, einer Reisetasche und einem Necessaire ist außer dem kleinen Handgepäck, das noch nachkommt, alles glücklich untergebracht. Die Guitarre hat Er mir noch gestimmt. – Es ist etwas viel Gepäck, aber ich wußte von meiner bisherigen Garderobe nichts zu entbehren, selbst nicht das weiße Mousselinkleid, das ich aber im Koffer verborgen lassen will, damit man nicht denkt, ich mache Anspruch auf Vergnügungen; zu ländlichen Tanzfesten beim Ton der Schallmeien hoffe ich doch, es gebrauchen zu können. Und dann mußte ich mich doch auch mit soliden, einfachen Kleidern versehen, da ich bei der Tante die Haushaltungskunst lernen werde: zwölf Küchenschürzen, ein Dutzend Vorärmel, allerliebste Holzpantöffelchen, sogar ein Kleid von wasserdichtem Stoff hat die besorgte Mutter gekauft, die selbst mit den Bedürfnissen des Landlebens wenig bekannt ist; wozu das letztere weiß ich nicht recht, vielleicht für den Fall einer Überschwemmung, wo ich in einem Kahn Menschenleben durch die wogende Fluth retten könnte.

Dann meine Bibliothek, – die Kinderschriften, mit denen ich vielleicht die Kinder des Dorfes um mich versammeln kann; dann meine Kleinodien, meine lieben Dichter, die ich noch ergänzt, – wie süß wird sich's damit träumen im Schatten säuselnder Linden! und die englischen, französischen und italienischen Bücher, und die Noten, – *er selbst* hat mir noch neue Musikalien bezeichnet, die *mußt'* ich natürlich anschaffen.

Mein Gartenhut ist wundernett, ungeheuer groß, er wogt wie Meereswellen, mit langflatternden, himmelblauen Bändern.

Fürchte nicht, Liebe, daß mir die ländlichen Arbeiten schwer fallen werden, wie freue ich mich, Morgens eine Schaar munter gackernder Hühner mit einem Regen goldener Körner an mich zu locken! Auch das Melken und Buttern muß allerliebst sein; es ist sonderbar, daß mir Mutter nicht erlaubte, aus dem neuen Holzwaarenlager einen zierlich geschnitzten Melkkübel und ein niedliches Butterfaß mitzunehmen, es hätte auf die Großtante gewiß guten Eindruck gemacht, wenn sie mich so wohl vorbereitet auf's Landleben gesehen hätte.

Und nun noch Eins, meine Theure, zum ersten, vielleicht zum letzten Mal, das süße, schmerzliche, unausgesprochene Geheimniß meiner Seele, das Du längst errathen. Ich scheide von dem Gefühl des Städtelebens, aber ich scheide ja auch von Ihm!!

> Sein hoher Gang,
> Seine edle Gestalt,
> Seines Mundes Lächeln,
> Seiner Augen Gewalt»

O, das ist schmerzlich, und weißt Du, daß er jetzt schon zweimal mit mir gesprochen, und ich einmal mit ihm! in der letzten Sing-stunde, wo ich wagte, ihm zu sagen, daß ich austrete, und um sei-nen Rath über Musikalien bat.

O, er wußte nicht, warum meine Stimme zitterte! wir blieben kühl und fremd, er war der Lehrer, ich die Schülerin; – es ist wohl besser, wenn ich gehe, ich werde ihn ja nie mehr sehen.

> Wandle, wandle Deine Bahnen,
> Hoher Stern der Herrlichkeit!

Ach, ich habe wohl einmal geträumt, – geträumt, wenn ich – es will nicht aus der Feder, – wenn ich Sein wäre! – welch selige Zu-kunft wäre das! Ich weiß wohl, er ist arm, wie ich, aber das ist ja eben so göttlich, da kann man sich solche Opfer bringen, – er hat Talente; und ich, o, wie hätte ich arbeiten wollen! ich hätte Stunden gegeben den ganzen Tag, – und die Nächte durch hätte ich gearbei-tet, – für Ihn! Die Mutter hätten wir zu uns genommen und auf den Händen getragen, – und für alle Mühe hätte mich ein Lächeln von seinen Lippen (weißt Du noch, diesen wunderbar fein geschnittenen Mund zwischen dem schwarzen Bart?) reich, o wie reich belohnt.

Es sollte nicht sein.

> Was ist's, wenn er im Leben
> Von mir gewendet geht?
> Ich will ihm gern vergeben,
> Daß er mich nicht versteht.

Du kehrst bald in die Residenz zurück, theure Julie, in der Sing-stunde denke auch an Deine entsagende

Fanny. Bitte, schicke mir den Thomas a Kempis, und Dein breites blaues Band zur Guitarre, kannst mein rosafarbenes dafür nehmen; ich denke doch, Hut- und Lautenband sollten gleich sein.

Den nächsten Brief von Stauffenberg aus, welch romantischer Name! Ich kann mir Großonkels alterthümliches Schlößchen ganz vorstellen, ich werde wohl ein Erkerstübchen bewohnen, da wird's freilich ein Bischen schauerlich sein.

*

3.

Stauffenberg.

So wäre ich also hier, meine Liebe, ich komme später zum Schreiben als ich geglaubt; – es ist alles so viel anders, wie ich mir vorgestellt, aber doch freundlich und ländlich, gewiß ganz ländlich. Ich bin letzten Freitag angekommen, Onkels Gefährt hat mich auf der Post abgeholt, eine etwas sonderbare Kutsche, sie ist grün angemalt und hat keine Thürchen zum Oeffnen, man muß oben hineinsteigen, ein alter Knecht in einem grauen Mantel kutschirte, die Pferde sind angezogen wie Ackergäule, es ist alles recht nett: aber ich war eigentlich doch froh, daß mich niemand aus der Stadt gesehen hat. Eben wollte ich mich dem biedern Alten mit ein Paar freundlichen Worten nähern, da fing er an auf eine ganz rohe Weise zu fluchen über mein vieles Gepäck, zu dem außer dem früher beschriebenen nur noch das Notenkistchen und das Guitarrenfutteral gekommen war; wenn mir's nicht Spaß gemacht hätte, als er bei der Guitarre sagte:»dui Geig' ka des Jungferle uf d'Schoß nemme,« so hätte mich diese Rohheit recht gekränkt, obwohl er's nur für sich brummte. Er brachte alles unter, ging aber so rücksichtslos mit den Sachen um, daß ich immer in Todesangst war, da bei jedem Stoß auf dem steinigten Weg alles zusammenholperte und rumpelte.

Wir kamen endlich an; ach, Julie! das Schloß ist ganz anders, als ich mir gedacht, es ist gar kein Schloß, und ist nicht alt, und hat keinen Erker und steht auf keiner Höhe, – es ist nur ein Haus, lang und gerade mit vielen Fenstern, einige Schnörkel über dem Portal und blecherne Delphine an den Wasserrinen sind der einzige Schmuck. Und dann steht es mitten im freien Ackerfeld, ringsum nichts als Aecker und ein Gemüsegarten, nur auf der Rückseite sieht man auf den grünen Wald. Ach, Liebste, in so langweiligen Räumen kann sich nichts ereignet haben!

Großonkel und Tante empfingen mich unter der Hausthüre recht freundlich, ich war froh, daß ich den Onkel schon kannte, denn die Großtante sieht etwas trocken aus, sie ist eine ältliche Frau und wird nie schön gewesen sein; sehr einfach gekleidet, aber so gar frisch und sauber, alles wie ganz neu, und doch bemerkte ich später, daß ihr graues Kleid vielfach ausgebessert ist.

Ich glaubte, der Onkel wolle sich krank lachen über mein Gepäck; als ich vollends noch den gestickten Feldstuhl, den mir die Mädchen für meine ländlichen Spaziergänge zum Abschiedsgeschenk gegeben, die Farbenschachtel und die vielerlei kleinen Sachen ablud, da war er nimmer zu halten, nur die Magd schien mit großem Respekt die vielen Sachen zu betrachten, der Knecht aber stimmte mit in's Lachen ein, was mich fast zu Thränen brachte; ein junger Mann, der etwas anders als ein Bauer aussieht, obgleich er nicht viel besser gekleidet ist, nahm rasch und leicht einen Koffer und ein paar Schachteln und trug sie hinein, allmälig kamen die andern Sachen nach, Großtante hatte mir Thee gemacht und es wurde mir ziemlich behaglich, aber doch anders, so ganz anders als ich mir gedacht hatte; warum weiß ich selbst nicht recht.

Der junge Mann ist eigentlich mein Vetter, obgleich er gar nicht so aussieht, er ist der Enkelsohn Großonkels, seine Eltern leben nicht mehr. Er wäre schon ordentlich, scheint aber ganz ungebildet, und denke nur, aber ich kann's fast nicht schreiben, – auch darfst Du es niemand sagen, – denk nur, er heißt Tobias; das ist doch gewiß gar zu ländlich. Aber nicht wahr, behalt es für Dich. Wenn eines der Mädchen wüßte, daß ich einen Vetter habe, der Tobias heißt!

»Ich bewohne ein nettes Stübchen, doch ist es kein bischen schauerlich. Noch bin ich nicht recht daheim, das wird aber schon gehen, die Tante ist sehr gut gegen mich.

Und Du bist in der Residenz, und wir wären jetzt wieder beisammen!

Sei stille mein Herz, und schlage nicht so, Ist alles denn hin, wenn die Liebe entfloh?

Grüße mir alles viel tausend, tausendmal, und wenn Du in die Singstunde kommst, so denke an mich, wenn Du in die schwarzen Augen siehst, in deren Tiefe mein Glück versunken ist; grüßen darfst Du ihn nicht, auch nicht leise; ich wag's nicht im Traum.

Leb wohl und denk an Deine
einsame Fanny.

Wenn Du etwas neues in Schürzen siehst, so theil' mir's doch mit; man geht hier in Schürzen aus.

*

4.

Es fängt schon an, sich hier freundlicher zu gestalten, wenn ich auch immer noch vieles anders finde als meine Träume. Wo im Leben ist das anders? Die Lage von Stauffenberg ist doch freundlich, der Garten freilich unendlich langweilig, Tante gibt mir aber Erlaubniß, Blumen darin zu pflanzen, so viel ich will. Das werde ich denn auch, sobald ich nur mit meinen eigenen Angelegenheiten ein wenig im Reinen bin. Nur geht das nicht so schnell, weißt Du, bis ich alles ausgepackt und eingeräumt und ausgebügelt habe; es hält hier so schwer, heiße Bügelstähle zu bekommen, die Leute sind gar nicht darauf eingeschult, da es nur in der großen Wäsche vorkommt, Tante trägt immer graue Kleider und sehr einfache Hauben. Dann bin ich mit meinen Arbeiten noch nicht fertig, ich habe angefangen, mir Kragen und Aermel zu einem Morgenröckchen zu festonniren, Du weißt, das nimmt viel Zeit. Bei Licht häkle ich mir einen Fensterteppich in mein Stübchen, um es doch ein wenig herauszuputzen, und so gibt es den ganzen Tag zu thun, ich habe nicht zu viel Zeit für die Musikübungen und Sprachen.

Von Musik scheint der gute Onkel eigene Begriffe zu haben. Neulich kam er bald vom Felde heim, wohin er immer selbst geht, wir saßen in der Dämmerung im Zimmer. »Spiel' uns auch was, Bäschen,« bat er; ich sagte, daß ich meine Noten noch nicht ausgepackt habe. »Ja was?« rief er, »kannst Du denn nichts auswendig? spiel' mal einen Walzer, oder einen Marsch, das hör' ich am liebsten.« Ich erklärte ihm, daß ich nur Sonaten, Variationen und größere Salonstücke spiele, und daß mein Lehrer nicht wünsche, daß ich auswendig lerne. Da hättest Du sehen sollen, wie ärgerlich der Onkel wurde; »was? wozu gibt man das schwere Geld für euch aus, wenn ihr nicht im Stande seid, etwas Raisonnables zu spielen!« Tante hatte Mühe, ihn wieder zu begütigen.

Den Vetter sehe ich selten: Morgens ist er meistens schon auf dem Feld oder sonst in Arbeit, auch Mittags bleibt er nicht lang da, nur Abends, wo er nach Tisch oft vorliest; aber ich muß gestehen, das Vorlesen ist mir langweilig, er liest meist Biographien oder landwirthschaftliche Sachen, und Sonntags liest er aus der Bibel. Das ist doch etwas sonderbar von einem jungen Mann; wenn es noch ein Andachtsbuch wäre, aber geradezu aus der Bibel, – freilich, wenn man auch Tobias heißt!

Mit der Oekonomie, die ich hier lernen soll, habe ich eigentlich noch nicht angefangen. Sie lachten Alle zusammen, als ich fragte, ob ich melken solle und bedauerte, daß ich den netten Melkkübel nicht mitgebracht. »Das thut schon die Stallmagd,« meinte die Tante, und in der That, als ich einmal in den Stall hineinkam, lüstete mich's nicht nach einem zweiten Besuch, und der Vetter, der trockene Tobias, wollte sich wieder fast krank lachen, als er sah, daß ich ein parfümirtes Taschentuch an die Nase hielt. Auch das Buttern habe ich versucht, aber ich kann den schweren Stöpsel gar nicht halten. Die Hühner sind immer schon gefüttert und weiden auf dem Wiesenplatz am Hause, wenn ich aufstehe. Mit der Küche will's auch nicht so recht gehen, Tante kocht meistens allein und schickt die Mägde auf's Feld, aber ich kann die rußigen Töpfe doch nicht selbst heben, auch lege ich die Halbhandschuh nicht gern ab, es gibt sonst so häßliche Hände, – ich denke, später wird's schon noch gehen, und sagte der Tante, ich wolle vorher mit meinen Sachen in's Reine kommen. Sie lächelte und meinte, das soll ich nur thun.

Großtante ist eine eigene Frau, etwas trocken und macht nicht viele Worte, auch geht sie nicht schnell und thut alles geräuschlos, aber es ist, als ob ihr die Erdmännlein hülfen bei der Arbeit, dabei ist alles nett und sauber; freilich, sie trägt im Hause Salbandschuhe, die ziemlich plump sind, aber sie geht so leicht und leise darauf, ihre grauen Kleider sind immer wie neu, und wenn sie gekocht hat, setzt sie eine blendend weiße Haube zu Tisch auf und thut ein ebenso weißes Halstuch mit schmalen Spitzen um den Hals, das sieht recht nett und frisch aus, wenn auch gar nicht modern.

Onkel und sie machen nicht viel Worte mit einander, aber es ist angenehm, zu sehen, wie sie für ihn sorgt und denkt und wie großes Vertrauen er in sie setzt. »Fragt nur meine Frau,« bescheidet er in tausend Dingen die Leute, und wenn die Frauen der Nachbarschaft hie und da zu Besuch kommen und von ihren häuslichen Unordnungen daheim reden, so sagt der Onkel gewiß: »da müssen Sie sich an *meine* Frau wenden, die hat eine ganz vortreffliche Methode in diesen Sachen.« Er ist sehr gut und freundlich gegen mich, aber ich merke doch, daß er nicht viel auf mich hält, weil ich nun eben wieder verschieden bin von seiner Frau. Aber jede Zeit macht andere Anforderungen.

Es ist komisch, wie mich der gute Onkel immer zum Essen nöthigt, ich weiß mir oft nimmer zu helfen: entsetzlich fettes Fleisch und schwere Klöße will er mir aufdringen, und ich muß mich wirklich erst ein wenig an die rauhe Kost hier gewöhnen, die gute Tante hat mir oft schon in der Stille den schwer beladenen Teller abgenommen, den ich mit wahrer Verzweiflung betrachtete.

Im Ganzen bin ich gewiß gern hier, und es ist nicht blos das thränenfeuchte Lächeln eines resignirten Herzens, mit dem ich der guten Mutter heitere Berichte schreibe.

> Nur leise will ich klagen,
> So lange die Thräne noch rinnt,
> Und träumen von schöneren Tagen,
> Die lange verflossen sind.

O cara memoria!

> Denkst Du der Stimme,
> Die uns getönet,
> Wie Zauberklänge
> Aus fernen Welten?

O Theure, ich habe auch Dein Herz wohl verstanden! *Ein Herz* und *Eine Seele, Eine Liebe, Ein* hoffnungsloses Leid, das muß uns binden für die Ewigkeit.

Gesellige Verbindungen habe ich noch keine angeknüpft, die Frauen der Nachbarschaft, die hie und da Tante besuchen, schwatzen von Seife und Lichtern, von Hanf und Flachs, von Obst und Most, als ob das Leben dran hinge; die wenigen jungen Mädchen, die ich sah, sind ganz flache, gehaltlose Geschöpfe, ohne Tiefe und Werth.

Aber mein Brief ist ein Buch geworden, gute Nacht. Leb wohl, Theuerste, vergiß nicht

Deine Fanny.

*

5.

So ganz nüchtern und ohne Geheimnisse, wie ich glaubte, ist doch unser Herrenhaus nicht; ich habe wirklich eine nette Entdeckung gemacht, von der ich Dir berichten will; ich sage Dir, es ist fast wie im Dornröschen.

Unser Haus ist sehr groß und die Zimmer im obern Stock fast alle unbewohnt, nun habe ich im Dachstock vom Garten aus hie und da Abends Licht bemerkt, zur Zeit, wo ich wußte, daß keine der Dienstmädchen oben war; das sah gar geheimnißvoll aus, ich mochte nicht fragen, es ist so hübsch, etwas Räthselhaftes selbst zu ergründen. Eines Abends, als ich das Licht wieder erblickte, entschloß ich mich, ihm nachzuspüren.

> Sie stieg hinauf zum Dache
> Die Zarte ganz allein,
> Da fiel aus einem Gemache
> Ein trüber Lampenschein.

Mit klopfendem Herzen und zitternder Hand drückte ich die Klinke auf und richtig:

> Ein Weiblein grau von Haaren,

das da zwar nicht spann, aber nähte; – ich war so überrascht, daß ich, als sie aufblickte und die Augen mit der Brille zu mir wandte, mit einem Schrei davon sprang, die Treppen hinunter und bis in die Küche zur Tante, die mich ganz verwundert anblickte.

»Tante, was habe ich für ein seltsames, altes Weiblein entdeckt!« »Wo denn, du albernes Kind?«»Oben, ganz oben in einem verborgenen Dachstübchen, da sitzt sie bei einer Lampe und näht.« »O du einfältiges Dinglein,« lachte die Tante, »das ist ja das Annamreile, unsere alte Näherin.« »Aber warum habe ich nie von ihr gehört, Tante?«»Ja, was hättest du denn von ihr hören sollen?«»Und warum sitzt sie so hoch oben und so allein, und kommt nie herunter?« »Sie bleibt am liebsten in dem Dachstübchen, weil sie da schon gewohnt hat, als sie meine Schwiegermutter in Dienste nahm, und sie kommt nicht herunter, weil sie nicht mehr gut Treppen steigen kann, morgen kannst du ihr neue Flickwäsche hinaufbringen und sehen, daß sie keine Fee und kein Erdfräulein ist.«

Ich wurde noch viel ausgelacht mit meiner merkwürdigen Entdeckung; am andern Morgen kam ich bei Tageslicht hinauf und habe mir alles besehen. Annamreile ist kein Weiblein, sondern eine alte Jungfer, wohl achtzig Jahre alt oder mehr; mit der Brille aber, die glaub' ich auf ihrer Nase angewachsen ist, kann sie noch das Feinste nähen bei Tag und Nacht, ich möchte sie malen können, wie sie Abends den Faden am Licht abbrennt, ehe sie einfädelt. Sie sitzt unverrückt vom Morgen bis in die späte Nacht auf einem alten, runden Tabouret mit drei gedrehten Füßen und einem verschossenen blauen Ueberzug; vor ihr ein Nähkissen mit zahlreichen Stecknadeln besteckt, die sie aus zerbrochenen Nadeln mit Siegellack verfertigt, zu ihren Füßen eine alte graue Katze, zu ihrer linken Seite ein Korb mit dem schadhaften Weißzeug, zur rechten ein anderer, in den das ausgebesserte kommt; so sitzt sie Tag für Tag in ihrer Dachkammer, am Fenster, vor dem ein Rosmarin- und ein Nelkenstock steht. Das Essen wird ihr hinaufgebracht, und wenn sie bei dieser Gelegenheit nicht ein wenig plaudert, so hört und spricht sie oft tagelang kein Wort. Tante besucht sie bisweilen Abends und steht sehr vertraut mit ihr.

Mir kam die Entdeckung ganz erwünscht. Mein Morgenkleid hatte im Garten einen Riß bekommen und mein Hauskleid einen großen Brandfleck in der Küche, ausbessern war nie meine Liebhaberei. Strümpfe stopfen, das ist ohnehin mein Tod, da hab' ich denn alles dem Annamreile hinaufgetragen, sie flickt excellent.

Ich habe eine Art von Freundschaft mit ihr geschlossen und verplaudere hie und da ein Stündchen an Regentagen, obgleich die Luft in ihrem Stübchen fast etwas dumpfig ist; – es ist süß, sich für andere hinzugeben, und meine Besuche sind gewiß ein Lichtblick in diesem einsamen Leben.

Zudem, – im tiefsten Vertrauen, meine Theure, ich werde mich hier im Hause eben nie, nie so daheim fühlen, ich fühle mich so unverstanden unter diesen guten Leuten.

> Fremd dem Ohr in meine Sprache,
> Fremd den Herzen ist mein Leid.

Der Onkel zwar ist ein prächtiger Mann, mit dem schwarzen Sammetkäppchen auf seinem grauen Haare, immer zufrieden, immer heiter, aber – seine Späße verletzen mich doch hie und da. Auch ist mir's peinlich, daß er immer verlangt, ich und Tobias sollen einander duzen, das kann ich doch unmöglich. Tante ist sehr gut, gewiß, aber sie ist doch gar zu geschäftig, ich sehe nicht ein, wozu sie Mägde hat, wenn sie alles selbst thut; wenn ich mit meiner Arbeit in der Laube sitze, ist mir's immer peinlich, wenn sie so hackt und gräbt, ich meine oft, sie thut es absichtlich, nur mir zum Beispiel; ich habe mich wohl oft schon angeboten, ihr zu helfen, dann weist sie mir immer Arbeit an, aber von dem Begießen bekam ich abscheulich nasse Strümpfe, von dem Setzen wurden meine weißen Aermel schwarz und schmutzig von Erde, da fiel mir das wasserdichte Kleid ein, und ich sagte der Tante, ich wolle das anziehen.

Bis ich mich aber umgekleidet hatte (ich fand so lange niemand, der mir das Kleid zugemacht hätte), war Tante mit allem fertig, und ich hatte das steife Kleid vergebens an.

Vetter Tobias, der ist mir vollends unbequem, er hat so stille Augen, mit denen er einen verfolgt, ich glaube nicht, daß er etwas dabei denkt, o nein, es sind im Grunde fade, graue Augen, nicht »zwei Königskinder, in Demanten blitzend,« wie *jene* Augen, – aber sie inkommodiren mich doch, er macht nur hie und da seine trockenen

Bemerkungen. Als der Onkel neulich mir rief, die Suppe hereinzubringen, sagte Tobias: »o nein, Fanny würde ihre Handschuh verderben, das ist nur für Großmutter.« Was geht es ihn an, was ich arbeite oder nicht, ich gehe wahrhaftig nicht müßig, schon das ganze Kleid festonnirt, und nun habe ich eine Haube auf der Tante Geburtstag angefangen, obgleich ich mit meinen eigenen Sachen nicht halb fertig bin. So oft ich mich in ein ordentliches Gespräch mit ihm einlassen will, schreckt mich seine Plumpheit zurück, – und er hat nicht einmal studirt und spricht nicht Französisch, das einfachste Erforderniß höherer Bildung.

Ich brachte neulich das »Wort der Frau« von Heiden aus meiner kleinen Bibliothek zum Vorlesen, Tobias las es wirklich nicht übel vor, und es fand mehr Beifall, als ich geglaubt hätte, obgleich der Onkel ein paarmal dabei einschlief, und nachher versicherte, er wisse nichts mehr davon, als daß von einem gewaltthätigen Weibsbild die Rede sei.

»Frau Irmengard ist auch nicht mein Ideal einer Frau,« sagte ich. »Wollen Sie uns vielleicht Ihr Ideal schildern, Fanny?« fragte Tobias. »Ich höre lieber vorher das Ihrige,« entgegnete ich, denn in der That, ich fand es nicht leicht und nicht nöthig, das ganze Bild süßer, hingebender Weiblichkeit, vereint mit dem höchsten Geistesadel, so wie es mir vor der Seele schwebt, vor diesen profanen Augen zu entfalten.

»Mein Ideal?« sagte er, »das' ist nicht weit zu suchen, es ist meine Großmutter.« Tante war schon wieder draußen, ich weiß nicht, was sie immer zu thun hat.

»Natürlich,« sagte ich etwas gereizt und unartig, wie ich nachher einsah, »ist Ihnen die häuslichste Frau auch die beste; je mehr eine wascht und näht, kocht, pflanzt und spinnt, desto vortrefflicher –«

»Nicht weil die Großmutter kocht und spinnt, wascht und näht und noch viel mehr thut, was Sie, Bäschen, nicht einmal wissen,« fiel er, auch in verstärktem Tone ein, »sondern weil sie alles thut, was sie kann, um Andere glücklich zu machen, weil sie mit stillem Sinn vor Gottes Augen ihre Pflicht thut, und über der Erde den Himmel nicht vergißt. Und wenn ich Ihnen in Kürze sagen soll, welche ich für die beste Frau halte, so sage ich, es ist, die sich am meisten selbst vergißt, die am treuesten ist über das ihr Anvertraute, sei es nun wenig oder viel.«

Ich weiß gar nicht, wie der stille Tobias zu so einer Rede und ich zu so heftiger Aufregung kam, fast weinend sagte ich: »und weibliche Bildung, Talente, Kenntnisse, verwerfen Sie natürlich, selbst wenn sie um eines Berufes willen ausgebildet werden?« eine so entsetzliche Ungerechtigkeit bringt mich immer beinahe außer mir.

»Keineswegs,« antwortete er wieder ganz ruhig, »sie gefallen mir sehr, wo sie dieser Treue im Nächsten und Kleinsten nicht in den Weg treten, es kann auch Pflicht sein, sie auszubilden, aber wer sich nicht selbst vergessen lernt, wird weder als Hausfrau, noch als Erzieherin glücklich sein und glücklich machen.«

Großtante kam wieder, und Onkel rief: »gut, daß Du kommst, die Zwei da wären sich bald in die Haare gerathen, da sieh, wie die Fanny ein rothes Köpfchen hat, weil Tobias nicht die Mädchen bewundert, die sich mit vier Sprachen abgeben und Sternkunde verstehen.«

Ich verließ das Zimmer in höchster Bewegung, ich begreife wirklich nicht, warum ein so ungebildeter Mensch mich so kränken kann, noch jetzt hat mich die Erzählung angeregt. Gute Nacht für heute, meine Liebe, Du, Du verstehst mich, wenn Alle mich verkennen. Leb wohl!

Vergiß nicht die neueste Nummer der Musterzeitung und Deine verkannte Fanny.

*

6.

Wir haben wirklich Regentage, Du hast keinen Begriff, Theuerste, wie trübselig das auf dem Lande ist. Hier fühlen sie es nicht. Tante hat angefangen, ihre Kammern zu rangiren, obwohl da nichts zu ordnen ist, da ist immer alles wie ausgeblasen. Aber sie behauptet, es sehe schrecklich aus, und steht in einem schauerlichen Chaos von Leinwandballen, von Tuchresten, von was weiß ich alles. Ich lief im Schrecken davon, als ich versuchen wollte, meine Hülfe anzubieten. Tante selbst ist aber höchst vergnügt dabei, und versichert, so oft sie aus dem Drangsal zum Essen kommt, es sei einem doch recht wohl, wenn man auch wieder einen klaren Ueberblick über sein Besitzthum bekomme, – bald fällt ihr über einem alten Bettcouvert ihre Urgroßmutter ein, aus deren Staatsrock es gemacht ist, bald erinnert sie ein wurmstichiger Perrückenstock an ihren Papa selig; dann hat sie eine Leinwand entdeckt, die ihre Muhme als siebenjähriges Kind gesponnen, – ich gönne ihr die Freude, aber *mein* Besitzthum aus solchem alten Plunder bestände, ich wäre froh, wenn mir's in Ewigkeit nicht unter's Gesicht käme. Sie hat mir auch Leinwand geschenkt, um Hemden für die Mutter zu machen; es ist gewiß recht freundlich von ihr, nur sehe ich nicht ab, wie ich zu einer solchen Näharbeit kommen solle.

Onkel, der studirt in einem uralten Folianten: »Der kluge und rechtsverständige Hausvater.« Daß er Vergnügen daran findet, kann wohl sein, aber daß Tobias mit solchem Interesse seine Vorlesungen daraus hört und die alten Bilder besieht, – das scheint mir fast Heuchelei. Tobias zeichnet daneben eine Karte von dem Gut und ist mit Leib und Seele in diese Arbeit vertieft. Und in all diesem prosaischen Treiben Deine arme Fanny allein, –

> Allein, wie in dem Sarg die Leiche,
> Allein, wie in des Blau's Bereiche
> Die dunkle Wolke sturmbeschwert
> Am heitern Tag vorüberfährt.

Allein mit ihren stillen Thränen, ihren süßen Erinnerungen

unter Larven die einzig fühlende Brust.

Das klingt freilich zu hart, ist aber auch nicht so schlimm gemeint.

Mit Tobias bin ich noch ernstlich gespannt; ich hätte ihm vielleicht das bittere Unrecht verziehen, das er mir kürzlich zugefügt, – mich selbstsüchtig zu nennen, – deren höchster Wunsch nur darum eine glückliche Zukunft ist, weil ich die Mutter beglücken möchte; aber verkannt zu werden ist ja Erdenloos.

Ich habe schon vergeben,
Des Friedens Schatten schweben,
Wo sanft ein Herz voll Liebe ruht.

Aber er läßt nicht nach, mich zu kränken. Kürzlich war Besuch vom Städtchen da: eine Frau Verwaltungsaktuarin und ihre Schwester, die Frau Amtspflegerin mit ihrer Tochter, – Du kannst Dir nichts Langweiligeres denken. Ich flüchtete mich in meine geliebte Laube mit einem italienischen Buch; o diese süßen Laute! – Da stand auf einmal der Vetter Tobias vor mir, »es ist Besuch oben, Bäschen,« sagte er in einem rechten Schulmeisterton. »Ich weiß es,« erwiederte ich gleichgültig. »Man weiß, daß Sie da sind,« sagte er wieder, »es fällt doch auf, wenn Sie allein im Garten sitzen.« »Ich halte nicht für nöthig,« sagte ich ziemlich gereizt, »meine Zeit in einer Gesellschaft zuzubringen, in der ich nicht verstanden werde, wo ich weder Genuß, noch Veredlung suchen darf.« Ich konnte ihm freilich nicht sagen, daß die Frauen oben und selbst die Mädchen von kleinen Kindern, Windeln und was sonst gesprochen hatten, was ein feinfühlendes Wesen doch in etwas genirt.

»Wissen Sie das gewiß?« fing er wieder an, »Mathilde, die Schwester der einen Frau, hat ihre alten Eltern Jahrelang mit Treue gepflegt und mit ihrer Hände Arbeit erhalten, Sophie, die Tochter der Amtspflegerin, ist die älteste von zwölf Geschwistern und mehr als die rechte Hand der Mutter; da wäre es keine verlorene Zeit, wenn Sie solchen Umgang suchten.«

»So verlieren Sie doch keine Zeit, Vetter,« sagte ich etwas aufgeregt, »gehen Sie, um Ihr Ideal zu finden.« Er sah mich sonderbar an und ging langsam, sagte aber noch im Gehen: »vielleicht wäre es auch freundlich gewesen, wenn Sie der Großmutter bei Bewirthung der Gäste geholfen hätten.«

Nun, das war richtig, es war vergeßlich von mir, daß ich *daran* nicht gedacht, aber er brauchte mir das just nicht zu sagen; ich wäre nun gern gegangen, aber dann hätte er gedacht, ich gehe auf seinen Befehl, und das wollte ich gerade nicht.

Tante kam nachher mit den Gästen in den Garten; ich schämte mich ein bischen und schloß mich an sie an, pflückte auch den Mädchen einen Blumenstrauß. Aus meiner Blumenkultur ist noch nicht viel geworden, vielleicht könntest Du mir Absenker von weißen Moosrosen, Tulpenbäumchen und Kameliasamen von einem Gärtner besorgen.Die Mädchen sind wirklich nicht so übel; in Manchem sind sie freilich hier sehr zurück, die Eine trug noch statt der Mantille oder Visite ein dreieckiges seidenes Halstuch! Von tieferem Anklang ist natürlich keine Rede.

Aber zu dem alten Annamreile habe ich einen wunderbaren Zug; in diesen Regentagen habe ich mich mit meiner Arbeit ganz bei ihr etablirt, und sie thaut allmälig auf. Für die nächste Vergangenheit und Umgebung ist ihr Gedächtniß etwas schwach, sie begreift nie so recht, wer ich eigentlich bin und woher ich komme, und nennt mich oft Bertha, eine längst verstorbene Schwester des Onkels, und oft Rosalie – so hieß meine Großmutter, – aber in alten Zeiten da lebt und webt sie.

> Vergangene Geschichten
> Aus längstvergangner Zeit
> Ist sie mir zu berichten
> Mit Freundlichkeit bereit.

Ich schreibe Dir nächstens, was sie mir aus der Geschichte der Familie erzählte, ich schreibe mir's manchmal Abends nieder, ehe ich an mein Tagbuch gehe, das wirklich oft vernachlässigt wird. Was sollt' ich auch schreiben?

> Leb wohl und liebe
> Deine Fanny.

*

Geschichte der alten Nähterin

Berthas Blumengarten

Unter Annamreile's Fenster, dicht am Hause, ist ein kleines Gärtchen, verwildert und verwachsen, nur zahlreiche Rosenstücke haben sich unter dem Unkraut erhalten und schmücken es zur Sommerzeit. Die alte Nähterin sieht alle Morgen und alle Abende in das Gärtchen hinunter, – ich habe ihr von den Rosen gebracht, obschon sie schwer zu pflücken sind unter Nesseln und Unkraut, und sie stellt sie mit besonderer Freude im Glase vor sich hin.

»Das Gärtchen, mußt du wissen,« so erzählt Annamreile, – sie duzt mich immer, – »das hat der Bertha gehört; da hat's vor Zeiten zusammengeblüht wie ein Paradiesgarten: Rosen und Aurikeln und die Beete mit blauen Vergißmeinnicht eingefaßt, du hast nichts so Schönes aus der Welt gesehen. Ich bin als ganz junges Mädchen zu der alten Frau (Großonkels Mutter) in Dienst gekommen und habe die Kinder alle aufziehen helfen, und so ein schönes und so ein liebes Kind wie die Bertha habe ich vorher und nachher nie mehr gesehen.

Ein ganz besonderes Kind ist sie gewesen, es hat sich kein Thierlein vor ihr gefürchtet, und wo sie ein krankes Blumenstöcklein in Pflege genommen, da ist es wieder gediehen. Dabei war sie fröhlichen Herzens und hat gesungen wie eine Nachtigall. Obgleich sie so fein, weiß und roth war wie eine Prinzessin, so hat sie sich doch von keinem Geschäft abgezogen und die Feldarbeit war ein wahres Plaisir, wenn die Bertha mit hinausgezogen ist. Kränze und Blumen hat's überall gegeben, wo sie dabei war, aber das sah nur um so lustiger aus, und die Mutter ließ sie machen und sagte: »Du bist eben ein Kindskopf.«

Alle Kinder sind ihr von weitem entgegen gesprungen, und wenn die Weiber auf dem Feld waren, ging sie in die Häuser, wo man die kleinen Kindlein zurückgelassen, geschweigte sie und legte sie trocken. Die allerkleinsten Kinder haben zu schreien aufgehört, wenn die Bertha sie auf den Arm genommen.

Der Mutter war zu Anfang vieles nicht recht von ihrem Wesen, sie war gar eine g'schäffige (rührige) Frau und meinte, man habe alleweil im eignen Hause genug zu thun; aber am Ende hatte sie nichts dawider, es war – Gott rechne mir's nicht zur Sünde, – fast als ob der liebe Heiland in's Dorf käme, wenn Bertha hinunterging, und sie selber hat es gar nicht gewußt, sie hat nicht anders gethan und geredet als wie ein anderes junges Mädchen, nur die Engel im Himmel haben's gewußt, und auf der Welt hat ihr, glaub' ich, niemand so lang sie lebte eine harte Rede gegeben.

Am Allerglückseligsten ist sie in ihrem Gärtchen drunten gewesen, und wer ihr etwas Liebes hat erweisen wollen, der hat ihr schöne Blumenstöcke darein verehrt, sie selbst aber ist die Allerschönste gewesen.

So schön und lieb, wie sie war, hätte man denken sollen, die Freier um sie hätten fast das Haus weggelaufen; es kamen aber doch nicht so viele, sie hat gar stille für sich gelebt und ging nicht gern unter viel Leute, und dann war eben etwas Besonderes an ihr, es hatten Alle so viel Respekt, so bescheidentlich sie war. Sie selbst dachte gar nicht an's Heirathen, es war ihr zu wohl daheim.

Nun war ich dazumal schon nicht gut zu Fuß und hatte das Nähen angefangen; an dem Fenster da bin ich immer gesessen, und es war meine Freude, wenn ich am Morgen und Abend hinausguckte, die Bertha zu sehen, wenn sie bei ihren Blumen war, die Täublein vom Dach flogen ihr auf den Kopf, und Hündlein und Kätzlein schmeichelten ihr.

So stand sie an einem Abend, ich meine, es sei heut, am Gartenzaun; es war gerade zur Rosenzeit und blühte Alles zusammen. Da kam den Weg vom Wald her ein junger Jägersmann bis an den Zaun und fragte sie um den Weg. Ich seh' immer noch die Zwei am Zaun stehen, sie innen und ihn außen, nur ein heller Streif von der Abendsonne schien auf das Gärtchen, das Haar der Bertha glänzte wie lauteres Gold, der Jäger hatte kohlschwarze Haare, war aber ein schöner Mann, – er sah die Bertha an, als wollte er sie durch und durch gucken. Mir hat's nicht recht gefallen, ich sah gleich dazumal, wie es kommen werde.

Der Jäger war Praktikant, oder wie sie's heißen, beim Förster in Eichelberg drüben, und er hatte sich verirrt; weiß Gott, wie er's angegriffen hat, daß er so weit herüber gekommen ist, ich wollt', er wär' auf einer andern Seite vom Wald heraus gekommen!

Der alte Herr kam dazu, als der Jäger eben wieder fort wollte, und hat ihn in's Haus eingeladen, er aber bat um Erlaubniß, im Gärtchen bleiben zu dürfen; da setzte er sich auf die Steinbank an der Mauer, an der Bertha ihr Tischchen, und sie brachte ihm Wein und Brod heraus, er hat kein Auge von ihr gelassen, wo sie ging und stand.

Nun, daß ich's kurz mache, der Jäger war nicht zum letztenmal da, er war bald daheim, wie das Kind vom Hause. Er war reich und vornehmer Leute Kind, das merkte man wohl an seinen fürstlichen Manieren. Ich konnte ihm nicht mehr feind sein, wenn ich sah, wie die Bertha so glückselig war, wenn er kam, – ich habe keine Augen mehr so glänzen sehen seitdem.

Mit seinem Forststudiren muß es nicht viel gewesen sein, denn er war oft tagelang hier. Das allein betrübte Bertha oft, daß er nie in die Kirche gehen wollte. Ich hatte das Herz und sagte ihr einmal: »und ich thät' Keinen nehmen, der nicht in eine Kirche geht; wer nicht betet, der glaubt nichts, und wer nichts glaubt, dem frißt eine verborgene Krankheit am Herzen und bricht einmal aus mit Schrecken.« Da schaute sie mich so herzbeweglich an mit ihren blauen Augen und sagte: »und Wenn du Einen *recht* lieb hättest, und du wüßtest, daß ihm ein geheimes Uebel am Herzen nagt, wolltest du ihn dann verlassen, – allein lassen, ohne einen Gott? Nein, das thätest du nicht,« sagte sie dann wieder, »du wolltest bei ihm bleiben Tag und Nacht, und beten, daß Gott dir Frieden gebe für dich und ihn. Und wenn die dunkle Stunde kommt, wo sein Herz sich elend fühlte und gottverlassen, da wolltest du erst recht bei ihm stehen und sehen, ob dir's Gott verleihe, ihn zurückzuführen.« Ich hab's immer gewußt, daß sie ein Engel war, aber dazumal mußte ich bitterlich weinen, denn ich sah wohl, daß sie bei uns nicht bleiben werde.

Es dauerte nicht lang, so waren sie Braut und Bräutigam, und ein Stein hätte sich freuen müssen, zu sehen, wie die Beiden so glücklich waren. Er hatte ein Horn, mit dem blies er wunderschön, wenn er vom Wald herunter kam. Bertha, die meist in ihrem Gärtchen saß, sang die nämliche Melodie, dann ging sie ihm entgegen, und wenn die Zwei mit einander den grünen Weg daher kamen, *mußte* man sich freuen, daß die zusammengekommen.

Sie saßen oft und oft auf der Steinbank im Gärtchen, manchmal tief in die Nacht hinein, bis der helle Mond schien. Ich hätte gern gewußt, was sie denn immer einander zu sagen hätten, aber horchen wollt' ich nicht.

Am Tage ging Bertha auch wohl mit ihm in den Wald, und kam wieder mit einem grünen Kranz von Eichenlaub um ihr schönes helles Haar – sie wurde alle Tage schöner.

Auch von der Hochzeit wurde geredet, der Jäger, ich will seinen Namen nicht nennen, – sagte, seinen Eltern sei Alles recht, das glaubten wir auch; wem wird denn so ein holdseliger Engel nicht recht sein? und auf's nächste Jahr wollte er Bertha heimführen, er bekomme bis dahin einen Dienst in seiner Heimath; das Alles war gut und im Reinen, der alte Herr hatte nachgefragt.

Da gab's nun zu nähen für mich, und Bertha hat treulich mitgeholfen, wenn sie nicht der Mutter half oder wenn der Bräutigam nicht da war. Das war ein lustiges Schaffen! sie sang und jubilirte dazu wie ein Vögelein, Schelmenliedlein und andere; wenn sie aber das Horn blasen hörte, da war's, als ob der klare Tag über ihr schönes Gesicht schiene und sie warf ihr Nähzeug in alle Weite, – ich mußte nur zusammenlesen, und drunten war sie wie geflogen. Ja, das war eine lustige Zeit.

Einmal, es war des alten Herrn Geburtstag, hatte sie den ganzen Tag umsonst auf den Bräutigam gewartet und war voller Angst, als er nicht kam; es waren viele Gäste da, denen Allen war es unkommod, Angst zu haben; so meinten sie, er werde eben sonst wo sich verweilen; Bertha war zu gut, jemand nach ihm in den Wald zu schicken, aber es ließ ihr keine Ruhe mehr, und so ging sie allein hinaus ihm entgegen. Ich saß eben an meinem Fenster, nähte und dachte an nichts, da sah ich sie auf einmal vom Wald her rennen, ganz athemlos, ohne Hut, ihr Haar flog ihr um's Gesicht.

Sie hatte den Bräutigam in seinem Blut im Walde gefunden, ein Wilderer hatte ihn geschossen. »Hülfe, Hülfe!« rief sie mit ihrem letzten Athem, sank am Hause nieder wie todt und konnte nur noch sagen, wo man ihn finde. Man trug sie herauf und holte den Jäger aus dem Wald, er war ohnmächtig, aber der Schuß nicht gefährlich, Bertha stand wieder auf und pflegte ihn, obgleich sie selbst Pflege gebraucht hätte. Das furchtbar schnelle Rennen und der Schrecken hatten ihr einen Treff gegeben, sie ist von der Stunde an nimmer gesund geworden.

Der Jäger war bald wieder rüstig und gesund, Bertha aber hatte einen bösen Husten und klagte über Schmerzen auf der Brust; sie hat es niemand gesagt, als mir, ich sagte es der Mutter, man brauchte Thee und Säfte, aber es half nichts. Ihre Wangen waren schön roth, wie immer, und ihre Augen noch heller als vorher, aber ich sah wohl, daß das alte Leben nicht mehr in ihr war. Es ging freilich ganz langsam abwärts mit ihr, aber abwärts gings doch. Daheim hörte sie ganz auf zu singen, nur wenn sie das Waldhorn hörte, fing sie immer wieder an, aber es klang so traurig, daß ich weinen muß-te, so oft ich's hörte.

Im Spätherbst ging der Bräutigam zu seinen Eltern nach Hause, im Frühling sollte die Hochzeit sein, da wollte er wiederkommen, um sie zu holen.

Nun ist es eine eigne Sache; die Bertha war so ein frommes Kind und hatte in frühen Jahren schon ihr Herz zum Tode bereitet; oft und oft, noch ehe sie Braut war, noch als ein halbes Kind voller Leben und Gesundheit, hat sie mit mir vom Sterben gesprochen; – seit sie aber den Husten hatte, war es, als sei der Gedanke an den Tod wie weggewischt von ihrer Seele. Wir nähten und nähten an der Aussteuer wie sonst, aber es war nimmer so lustig dabei, sie konnte wenig schlafen vor Husten und spät aufstehen, aber heiter war sie immer. »Es sei ein recht hartnäckiger Katarrh,« meinte sie, »bis zum Frühjahr aber, da sei sie ganz gesund;« und sie schrieb Briefe voll Hoffnung und Leben, trug ihr Myrthenbäumchen jedem Sonnenstrahl nach und sprach tagelang davon, wie sie ihr künftig Haus einrichten wolle, – der Bräutigam hatte ein Bildniß davon geschickt, es war ein schönes Jagdschlößlein, – die Mutter und ich sahen einander oft nur an und sagten nichts.

Da kam der Frühling und kam der Bräutigam; – es war am Oster-sonntag, ein so wunderschöner Tag, und Bertha war ganz weiß angezogen und saß im Gärtchen, da kam der Jäger mit raschen Schritten, wie vor Zeiten zu ihr herein, sie sprang auf, wollte ihm entgegen, – sie konnte nicht, es quoll ihr Blut aus dem Munde und über das weiße Kleid. Man trug sie in's Haus, da erholte sie sich bald wieder und saß mit ihrem alten Lächeln bei dem Bräutigam auf dem Sopha und versicherte, es habe gar nichts zu bedeuten.

Er aber war sehr erschrocken und bekümmert; ihr Gesicht war freilich so schön wie immer, aber ihre Gestalt war dünn und zart geworden, auch konnte sie nicht mehr bis in den Wald mit ihm gehen.

So blieb er nun ein paar Wochen da; Bertha war immer und im-mer, glückselig, wenn sie ihn nur sah und klagte nie. Das Brautkleid war fertig, aber niemand redete von der Hochzeit. Nur Bertha sprach oft und viel von seinen Eltern und von ihrer künftigen Hei-math. Wir wußten wohl, wie es stand, und Alle wollten noch um sie sein, so lang es nur möglich war; dem Bräutigam aber schien's immer weniger wohl zu werden, er wurde auch stiller und stiller, wenn er so bei ihr saß. Ach wenn ich dir's nur sagen konnte, wie sanft und holdselig sie ihn allemal angeschaut hat!

Einmal war der Doctor da, den Bertha immer versicherte, es gehe ihr ganz erträglich; eh' er ging führte ihn der Bräutigam herauf in die obere Stube, es war die Stube neben der meinen; sie wußten nicht, daß ich da war, und als sie einmal die Thüre geschlossen hatten, da scheute ich mich merken zu lassen, daß ich da sei. Der Jäger fragte den Arzt ernstlich um den Zustand seiner Braut; der zuckte die Achseln: »die Lungen sind angegriffen, von gänzlicher Herstellung wird keine Rede sein, aber wie lange es ansteht, das ist schwer zu bestimmen, es scheint noch viel Lebenskraft da zu sein.« –

Der Bräutigam ging heftig auf und ab; »ich wünschte Ihren Rath, Herr Doctor,« sagte er, »mir ist die Sache natürlich sehr schmerzlich, ich will als rechtlicher Mann handeln, aber Sie müssen gestehen, es ist eine eigne Zumuthung, sich mit einer Sterbenden zu verbinden.« »Von Hochzeit kann zunächst keine Rede sein,« meinte der Doctor, »obwohl man seltene Fälle weiß, wo eine bereits keimende Schwindsucht nach der Verheirathung sich wieder gebessert hat.« »Nun, wenn auch,« sagte der Andere, »so ist dies doch ein höchst peinlicher Zustand; meine Zukunft ist gesichert, ich muß meine Stelle antreten, meine Eltern wünschen eine baldige Verheirathung, wie kann ich mich nun auf's Unbestimmte an ein Siechbett fesseln? Zudem habe ich einen wirklichen Horror vor der Krankheit, es greift meine Nerven an, den Husten zu hören, – ich riskire wahrhaftig meine eigene Gesundheit.« – »So reisen Sie für einige Zeit nach Hause,« rieth der Doctor, »eine totale Aufhebung des Verhältnisses könnte bei der Ahnungslosigkeit der Kranken wirklich von plötzlicher Gefahr sein.« » *Meine* Meinung ist,« sagte der Bräutigam wieder, »daß diese Ungewißheit, der leidenschaftliche Wunsch um meinetwillen gesund zu werden, viel aufregender und nachtheiliger für ihren Zustand ist, als eine schonende Auflösung des Verhältnisses. Ich wiederhole es, ich will als rechtlicher Mann handeln, aber unter diesen Umständen scheint mir das Recht vollkommen auf meiner Seite, – ich selbst leide am meisten darunter.«

»Thun Sie, was Sie nicht lassen können,« sagte der Doctor, ich hörte wohl an seinem Ton, daß er nicht viel auf ihn hielt, »wenn Sie mich auf ärztliche Pflicht fragen, so muß ich wiederholen, daß Ihre Braut an Lungenschwindsucht leidet, daß ich aber das Ziel ihrer Krankheit nicht bestimmen kann. Für die Folgen eines plötzlichen Schrittes kann ich nicht stehen.«

Der Doctor ging und im Hause blieb noch eine Weile Alles beim Alten, der Jäger konnte es, scheints, doch nicht recht über's Herz bringen, ihr geradezu die Treue aufzusagen: sie lebte wie ein Kind, von einem Tage auf den andern, immer in Hoffnung auf bessere Zeiten.

Da bekam er Briefe, – er mußte schleunig nach Hause reisen, wie er sagte. Bertha begleitete ihn bei seinem Gehen noch bis an die Gartenthüre, müde und schwach, wie sie war, sie sah ihn so selig und so traurig an mit ihren schönen Augen, – »leb wohl, leb wohl,« sagte sie tausendmal, »wenn du wieder kommst, bin ich gesund.« Warum hat er sie nicht sterben lassen im Glauben an seine Liebe?

Bald nach seiner Abreise kamen wieder Briefe von ihm, – von seiner Frau Mutter, – an Bertha's Eltern, an sie selbst – viel schöne Worte, der Sinn war aber: mit der Brautschaft sei es vorüber, – »man sollte es ihr recht schonend beibringen, – es würde für ihre eigene Ruhe besser sein,« – weiß nicht, was sie als für schöne Redensarten machten, weiß auch nicht, wie man es der Bertha mitgetheilt, – sie hat nicht viel darüber gesprochen, aber von dem Tage an war sie auf ihren Tod bereit. Zu mir sagte sie nur einmal mit ihrer alten holdseligen Freundlichkeit: »es ist recht gut, daß ich nun weiß, wie es mit mir steht, ihr Alle seid viel zu schonend gewesen, nun kann ich mich rüsten zum Abzug.«

Ihre Schwäche nahm rasch zu, aber sie ist lieblich geblieben bis auf die letzte Stunde, freundlich und geduldig in all ihren Leiden. Kein einzig bitteres Wort über den Ferdinand kam über ihre Lippen, sie sagte oft und oft: »ich bin doch recht glücklich gewesen mein ganzes Leben lang.«

An schönen Tagen trugen sie die Brüder noch in ihr Gärtchen, man hatte die Steinbank mit weichen Kissen belegt, – da ließ sie auch noch Kinder zu sich kommen, im Zimmer konnte sie kein Geräusch mehr ertragen. Die Leute vom Dorf, denen sie so viel

Gutes gethan, schlichen dann nur still am Zaun vorüber, sie hätten sie gern noch einmal gesehen, und grüßten sie von weitem, sie nickte Allen freundlich mit dem Kopfe, reden konnte sie nicht mehr viel.

Wie sie es erfahren, daß ihr Bräutigam, der Ferdinand sich wieder verheirathet, weiß ich nicht, die Eltern und Brüder waren so erbittert über ihn, daß sie vielleicht selbst nicht vorsichtig mit der Nachricht waren; ich dachte mein Theil, sagte aber nichts über ihn, darum blieb sie gegen mich zutraulicher als gegen die Andern.

An einem gar schönen, warmen Tag im September war sie zum letztenmal im Gärtchen, ich durfte bei ihr sein, da zeigte sie mir ihre allerschönsten und liebsten Blumen und bat mich, die recht sorgfältig herausnehmen zu lassen und an die Frau des Ferdinand zu schicken, ich solle sie bitten, daß sie diese Blumen in ihren Garten pflanze, und ihr sagen, daß sie bis zum letzten Hauch zu Gott um Segen für sie gebetet habe. »Es geht ihm gewiß gut,« sagte sie mit freudiger Zuversicht. »Man sagt, gebrochene Treue bringt Unsegen, aber der Tod, als er mich berührte, hat unser Band gelöst, und nicht Ferdinand. Ich habe ihm gewiß so viel Segen gewünscht für all seine vergangene Liebe, daß selbst der Fluch gehoben sein müßte.«

Am andern Tag nahm sie mit den Eltern und Allen im Hause das Abendmahl. Die Ihrigen mußten ihr feierlich versprechen, daß sie keinen Groll gegen Ferdinand mehr hegen wollen. Es dauerte nicht mehr lange. Sie hatte noch einen schweren Kampf, aber im Tode war sie wie ein Engel.

Die Blumen habe ich an die Frau Forstmeisterin geschickt, was sonst noch Schönes im Gärtchen war, haben wir aus ihr Grab gepflanzt; eine lange Zeit war das Grab vom ganzen Dorf gepflegt, und wie der schönste Garten. Jetzt ist es ein wenig verlassen und nur Rosen und weiße Lilienblumen stehen noch darauf.«

*

7.

Da habe ich Dir eine von Annamreile's Geschichten mitgetheilt, sie ist mir recht zu Herzen gegangen. Ich habe gestern angefangen, das Blumengärtchen der Tante Bertha herzustellen, aber das ist nicht so leicht, wie ich mir gedacht; ich hätte wohl schon abgelassen, wenn mir nicht Vetter Tobias beigestanden wäre, – da gibts freilich ein Stück, wenn der arbeitet. Er grub Alles um, schonte aber recht sorgfältig der Rosenstöcke, ich konnte zuerst nichts thun, als das Unkraut zusammenlesen, jetzt aber haben wir die Beete hübsch abgetheilt, ich habe Dir gearbeitet! Alles bepflanzt, obwohl das Bücken recht lästig ist und meine Finger ein paar Tage lang zu rauh waren zum Sticken.

Du glaubst aber nicht, wie viel Freude mir die Arbeit machte, Onkel kam und sah uns auch mit großer Lust zu, Bertha ist seine liebste Schwester gewesen, auch Tante freute sich: »es war meine Versäumniß, daß ich über den nöthigen Geschäften das Gärtchen so zerfallen ließ,« sagte sie, »aber die Pflege schickt sich auch besser für eine junge Hand.«

Ich sehe nun alle Tage nach meinen Pflänzchen, Rosen und Lilien kann man freilich erst auf's Spätjahr pflanzen, aber die Sommerblümchen wachsen schon hübsch.

Tobias war gar gefällig und hülfreich; noch jetzt überrascht er mich fast alle Tage mit einem neuen Schmuck im Gärtchen; die verwilderten Reben über der Steinbank hat er zu einer Laube gezogen, die Beete zum Theil mit hübschgeflochtenen Weiden eingefaßt, dabei ist er gar freundlich, mich Manches zu lehren, was ich nicht verstehe und mich scheue zu fragen. Ich habe mich so ziemlich mit ihm versöhnt, und finde das angenehmer als in Fehde zu leben.

Du weißt, daß es immer meine Absicht war, mich der Kinder und Armen und Kranken im Dorfe anzunehmen, bis jetzt aber kam ich nie dazu, es ist bei Onkels selten die Rede von so etwas, – Tante geht, glaub' ich, bisweilen in's Dorf, aber sie spricht nicht davon, und bei ihrer etwas trockenen Weise glaube ich gerade nicht, daß sie sehr zu einem »Engel des Trostes« taugt. Tobias ohnedies scheint mir ziemlich hartherzig, ich hörte einmal, wie er arme Kinder ausschalt und fortschickte, – ich eilte ihnen nach und schenkte ihnen einen Sechser, darüber war er ganz ärgerlich als er's bemerkte, und sagte: das sei faules Volk, er habe sie früher Steine vom Acker lesen lassen wollen, da seien sie aber davon gelaufen. So ist er eine nüchterne, rauhe Natur.

Für des Lebens zartgeschwungne Laute
Ist denn doch das Weib nur die Vertraute.

Seit mir nun das Bild der Bertha so lebendig vorschwebt, habe ich mir fest vorgenommen, meine frühern Vorsätze auszuführen.

Gestern sagte Tante von einer sehr kranken, alten Frau, ich bat sie Nachmittags um Erlaubniß, sie besuchen zu dürfen. »Du, die Ursel?« sagte Tante mit einiger Verwunderung, »was willst du denn bei ihr thun?« Sieh, so wenig weiß man hier von Werken der Barmherzigkeit! »Sie besuchen, sie trösten, ihr vorlesen,« sagte ich etwas verlegen. »Nun, geh nur immerhin, Lise kann dir den Weg zeigen und die Weinflasche mitnehmen, die ich ihr schicken wollte, Glück auf den Weg!«

Auch Lise schien etwas erstaunt, als ich mich zu dem Gang gerüstet hatte. Die Kinder im Dorf sind gar nicht lieb und zutraulich, wie ich mir gedacht, sie gaffen mich an, und wenn ich sie anreden will, springen sie mir lachend davon, ja ich hörte schon, wie sie sich über mich und meine Kleidung lustig machten.

Wir kamen bei der Hütte an, ich nahm Lise den Wein ab und trat ein. Ach, Julie, dieser Qualm und Dampf! hinten im Zimmer stand ein großes Bett, aber es sah gar schmutzig aus, – und das alte Weib darin! Sehen denn die alten Frauen auch so aus, die ihr vom Verein aus besucht habt? ich hatte mir eine ehrwürdige Alte gedacht, ärmlich aber reinlich gekleidet! Es saßen noch ein paar Weiber in der Stube, diese und die Kranke gafften mich an, als wär' ich vom Himmel gefallen. Ich gab der Kranken den Wein, fragte, wie es ihr gehe, – dann aber war ich in der tödtlichsten Verlegenheit, was ich weiter reden sollte. Die Weiber boten mir einen Stuhl, aber auf den konnte ich in meinem hellen Kleide nicht sitzen. Endlich setzte ich mich auf die Bank und fragte die Frau, ob ich ihr etwas vorlesen sollte, sie hatte nichts dawider, und ich las etwas recht Schönes aus dem neuen Gebetbuch, das ich mitgenommen.

Als ich geendet, fragte ich die Frau, ob es ihr gefallen, sie meinte ja, es sei recht schön, nur glaub' sie, nicht recht deutsch, die vornehm G'sprach verstehe sie nicht wohl, die Madel lese ihr aus dem Starkenbuch, das sei besser für »sottige Leut.«

Ich hatte doch nur nach den Vorleseregeln des Herrn Professor Albert gelesen! Ich schenkte der Frau noch ein wenig Geld und war froh fortzukommen. Schreib mir doch, wie ihr es denn macht bei euren Armen- und Krankenbesuchen? Hier mag ich nicht fragen.

Das Grab der Tante Bertha habe ich auch besucht, es ist wahr, die weißen Lilien stehen wunderschön darauf. An dem einfachen Kreuz hängt ein verwelkter Kranz, den soll einmal ein fremdes junges Fräulein gebracht haben, vielleicht eine Tochter des Ferdinand.

Du hörst bald wieder etwas von Annamreile's Geschichten. Leb wohl, Du schriebst mir keine Sylbe von *ihm*!

Deine
Fanny.

*

8.

Ich habe dem Annamreile das Fehlschlagen meines innern Missionsplans geklagt, ich wußte, daß die mich nicht auslacht; aber sie ist, wie ich Dir früher sagte, oft nicht recht klar über das Nächstliegende; sie sah mich eine Weile an und sagte: »Du bist aber auch so weit her und so fein angezogen, – man muß die Leute kennen.«

»Ich glaube, sie sind es hier auch nicht gewöhnt, daß man sich ihrer annimmt,« sagte ich noch etwas gereizt. »Tante gibt vielleicht den Armen etwas, die auf den Hof kommen, Tobias nicht einmal das, sonst aber bekümmern sie sich nicht weiter um das Volk.«

Annamreile ist immer gar bedächtig, wo es sich um Sachen aus der Gegenwart handelt, als traue sie da ihrem eigenen Gedächtniß nicht recht. Endlich aber hub sie sachte an: »Ich will dir von der jungen Frau (so nennt sie die Tante) etwas erzählen. Vom jungen Herrn (das ist Großonkel), da kann man gar nicht anfangen, was der im Stillen thut; wenn es scheint, er spotte die Leute nur aus mit seinen Späßen, so bringt er ihnen eine Gutthat bei, und das thut er im Dämmer, wenn man meint, er gucke noch nach den Knechten oder dem Vieh, – es sieht's kein Mensch als der liebe Gott. Wenn ein armes Weib vom Feld kommt und will nach einer Brodkruste suchen in der Tischlade und findet einen großen Laib darin, oder am Sonntag Morgen ein Stück Fleisch in der Küche, oder wenn dem

Aehne seine Tabaksdose neu gefüllt ist und ein gutes warmes Wamms am Nagel hängt, dann wissen sie wohl, wo solche Stücklein herkommen, aber wenn sie sich bedanken wollen, so weiß er von nichts. Seine Frau merkt's wohl, wenn er so pfiffig herumsucht nach dem Speiskammerschlüssel, dann legt sie ihn verstohlen hin, wo er ihn finden kann, manchmal wird's ihr auch zuviel und sie sagt: »aber, Alter, warum hast du denn das gute Morgenwamms verschenkt?« »Ha, weißt, das alte zerreißt so bald,« sagt er dann mit Lachen, »und der alte Stoffel hat kein Annamreile, die Alles so gut zusammenflickt.« Und das Annamreile lachte herzlich über ihren lustigen jungen Herrn.

»Aber du hast mir ja von der jungen Frau erzählen wollen.« »Ja so, freilich, und auch vom Kleinen!« (Das nämlich ist Tobias, der, glaub ich, sechs Schuh lang ist.)

»Die junge Frau ist gesetzter als ihr Mann, und ist ihr nicht gegeben, daß sie's den Leuten mit einer so heitern Manier giebt, aber sie thut viel. – Da ist im Dorf eine alte Ausdingerin gewesen bei ihren Stiefkindern, die war wassersüchtig, und das junge Weib klagte einmal der Frau, es sei arg, daß die Ahne so lang nicht erlöst werde, man könne wegen dem Geruch fast nicht mehr in ihr Stüble. Da kommt meine junge Frau am nächsten Mittag hinaus zu den Leuten, und der Knecht trägt einen Bund Stroh nach. So ein Jungferle wie Du wär' ohnmächtig worden, wenn sie in *so* eine Stube käme; die junge Frau aber zieht selber das Weib frisch an und hilft ihr aus dem Bett in die Stube, läßt den Strohsack füllen, und macht warm Wasser und wascht die Ueberzüge, und überzieht das Bett frisch von ihren eigenen, und lüftet und kehrt die Stube, Alles mit eigenen Händen. Und wie das alte Weib wieder säuberlich hineingebettet ist und meint, sie sei im Himmel, da schenkt sie der Söhnerin Seife und sagt dem großen Enkelkind, die dabei stand und 's Maul aufsperrte: »So, Kätherle, wenn du jetzt die Ahne und ihr Stüble recht sauber hältst, so kriegst du am Christtag einen neuen Schurz.« Die Söhnerin freilich hat geschimpft, nicht schlecht, aber meine junge Frau, die geht ihres Wegs. Sie hat freilich nicht viel Zeit, daß sie den Leuten vorliest und mit ihnen betet, meine Bertha selig hat das oft und viel gethan, und wäre der jungen Frau ein Töchterlein beschieden, die das rechte Herz dazu hätte, so thät sie's auch freuen; – aber an

Herzen ist nicht so leicht zu kommen, wie an eine verdumpfte Stube.«

»Aber Herr Tobias, der kann nicht an so etwas denken,« fing ich wieder an; ich hätte nun doch gern auch von dem gewußt.

»Na, der kann freilich keine Leintücher waschen, er füllt auch, so viel ich Weiß, keine Schnupftabaksbüchsen, weiß überhaupt nicht so viel von ihm, weil ich fast nimmer fort komme,« – Annamreile weiß übrigens alles, obgleich sie kaum von ihrem runden Stühlchen aufsteht, – »nur ein Stücklein hat mir neulich die Botin erzählt, als die Herrschaft nicht daheim war. Der Kleine war hinüber gegangen nach Weißburg, um einen Maurer zu bestellen zu dem neuen Scheunenbau. Wie er nun an des Maurers Haus kommt, da hört er nichts als Aechzen und Winseln, der Mann war vor ein paar Tagen von einer Leiter gefallen und an allen Gliedern zerschlagen. Eben wie der Kleine herein kam, sollte er in ein anderes Bett gebracht werden, und sein Weib, ein Nachbar und der Kijurg, der gar ein leibarmes Mannchen ist, plagten sich und den Kranken ganz jämmerlich. Der Kleine, weißt, ist gar stark und groß von Postur, der nahm nun den schweren Mann auf die Arme und lupfte ihn hinüber. Der bedankte sich gar schön und sagte: »so gut und stät habe ihn noch kein Mensch gehoben.« Was thut nun mein Kleiner: Von da an geht er alle Morgen zur Stunde, wo der Maurer verbunden wird, nach Weißburg hinüber, das ist hin und her eine gute Stunde, und hebt und legt den Kranken, und nach wie vor geht er daneben an alle Arbeit wie sonst, vier Wochen lang, bis der Mann gesund ist.«

Nun, Julie, was sagst Du? das gehört auch noch in's Feld der innern Mission. So etwas freilich könnte ich nicht, – aber das Beste ist es doch noch nicht, wenn man den Leuten trockene Kleider und Pflege gibt; ich habe sogar mit Tobias darüber gesprochen, – gelt, wir werden ganz vertraut! Sei ruhig, Geliebte, er ist eine sehr, sehr ungefährliche Personnage! – er gab mir darin recht, aber er sagt, nicht jedes von uns ist zu geistlichem Beistand berufen und geschickt; nur der Heiland hat dem Kranken die Sünden vergeben, ehe er ihn aufstehen und wandeln hieß, und gar Vielen hat er leiblich geholfen, ohne ein Wort der Predigt, – an die Herzen ist er wohl später zur rechten Zeit und Stunde gekommen. »Eh wir *mit* den

Leuten beten, Bäschen,« sagte er mit einem ernsten Lächeln, das ihm wirklich gut steht, »müssen wir zuvor gewiß sein, daß wir von Herzen *für* sie beten können.« Da hat er wohl recht, und er hat mir viel zu denken gegeben.

Uebrigens ist mir lieb, daß ich im Frieden mit dem Vetter auskomme, es ist doch wohl besser, wenn man doch einmal unter Einem Dache leben muß.

Nicht wahr, Julie, Du besuchst auch meine Mutter häufig? es thut ihr gewiß wohl; ihre Briefe sind oft etwas gedrückt, – ich freue mich sehr auf Eduards Ferien, die sie hieher bringen. Wie möcht ich ihr den Ueberfluß gönnen an all den täglichen Nothwendigkeiten, deren ich hier genieße, und deren Anschaffung ihr so viel Sorgen macht. Nun, die gute Tante ist meinem stillen Wunsch durch eine reichliche Sendung zuvorgekommen; das erfuhr ich erst aus der Mutter Brief.

Adieu, Du hörst bald wieder eine von Annamreile's Geschichten.

Deine Fanny.

*

Geschichten der alten Nähterin.

Der lustige Robert

»Es ist nicht immer so still und ruhig im Haus zugegangen, wie jetzt; mein junger Herr ist freilich heitern Sinnes, aber er macht nicht viel Lärm, die Frau ist allzeit still gewesen, und der Kleine redt auch nicht zu viel.

Wie aber meine alte Frau noch jung war und die vier Kinder so heraufgewachsen sind, und jedes von ihnen hat seine Kameradschaft mitgebracht, da war es oft laut und lustig genug, und ich habe nicht viel gute Ruhe gehabt zum Nähen. Keine schönern Kinder hat's auf der Gottes Welt nicht gegeben, als unsere vier, die drei Buben und die Bertha, – aber der allerschönste von ihnen ist doch mein Robert gewesen. Und gar ein lustiger Käfer! Wie oft haben sie mich geplagt, ich soll mit ihnen in den Wald, in's Erdbeerensuchen; wenn ich mich aber herunterbückte, um Beeren zu brechen, flugs saß mir der Robert auf dem Buckel und ich mußt ihn reiten lassen, wohl oder übel; er war aller Streich voll und hatte immer die Buben vom halben Dorf hinter sich, da haben sie Schifflein gebaut und Bäche abgegraben und Eichhörnlein gefangen und oft den Kühen die Schwänz zusammengebunden, – Alles hat er können und mögen, nur nicht schaffen und lernen, und er hat erst noch so einen guten Kopf gehabt! – Der Schulmeister hielt's nicht mit ihm aus, bald hatte er aus dem Stecken einen Butzenmann gemacht, bald das Buch mit Vogelleim zugepappt oder am Subsellium ein Hexenklavier ausgeschnitten, – es kam alle Tage ein anderer Streich heraus; der Papa hat nicht gern zugeschlagen, und als ihn die Mama einmal in's Ofenloch gesperrt hat, da stieg er oben zum Kamin heraus auf's Dach, und man mußte ihn mit Todesängsten herunter holen.

Man that ihm einen Informator in's Haus, aber da ging's nicht viel besser. Wenn der meinte, er sei endlich im Zug mit Lernen oder Aufsagen, flugs stand er hinter ihm auf seiner Stuhllehne, und einmal machte er einen Purzelbaum über des Informators Kopf und über den Tisch hinüber, gerad in's Tintenfaß, das war eine schöne Geschichte!

Es hätten die Schelmenstücklein nicht viel geschadet, – der Heinrich war auch lustig, – wenn Robert nur ein Bischen gelernt hätte, aber er ist grundfaul gewesen.

Wie die Buben größer wurden, machte man aus, was aus ihnen werden sollte. Karl, das ist der junge Herr drunten, sollte des Vaters Gut übernehmen, Heinrich wollte Kaufmann werden, – ich glaube, es war ihm nur drum in die Welt hinaus zu kommen, denn das Schenie zu einem Kaufmann hatte er nicht: der Robert, der doch kleiner war, hatte ihm immer die wurmigen Aepfel für gute und um Weihnachten alte Butterkrapfen für Lebkuchen verhandelt, – der Robert der wollte pardu studiren, natürlich nur, weil er gern ein Student geworden wäre.

Dem alten Herrn war's nicht recht, er wußte, daß Robert nicht gern lerne, und fürchtete die Kosten; er hatte das Gut in schlechtem Zustand übernommen, und es kostete viel, es aufzubringen; aber dem Robert hat niemand etwas abschlagen können. So that man ihn denn in ein Gymnasium, da kam er gleich daher wie ein Prinz, aber die Zeugnisse die waren nicht so fürnehm, die Mutter und auch die Bertha sprachen ihm oft recht beweglich zu; auf Bertha hat er noch am meisten gegeben, aber es that nicht auf lange gut.

Wie er auf die Universität wollte, hat man ihn zuerst gar nicht genommen, weil er nicht genug könne. Ich hab' freilich geglaubt, darum studir' man grad, weil man nichts könne, aber es muß, scheint's, anders sein. Nun hat man ihm wieder einen extra Informator gehalten, und weil er so gar gern Student geworden wäre, so hat er diesmal auch gelernt, was er zur Noth brauchte.

Das war eine Herrlichkeit, wie der Robert zum erstenmal als Student in die Vakanz kommen ist, in einem polnischen Rock mit Zotteln und Schnüren, und ledernen Hosen und hohen Stiefeln auf einem Reitgaul! Ein bildschöner Mensch ist er gewesen, ist ihm Alles wohl angestanden. Der Heinrich war eben aus der Lehre getreten und ein bescheidentlicher Ladendiener, dem kam's oft hoch herauf, wenn die andern Studenten, die den Robert gar oft in der Vakanz besuchten, etwas spöttisch fragten: »ist das der Bruder Schwung?« Karl, der junge Herr, der ist immer der Brävste gewesen, er war zurückgekommen aus einer Ackerbauschule, – ich hab auch vorher nicht g'wußt, daß man das Ackerbauen in einer Schule lernt, – jetzt arbeitete er treulich mit, wie sein Vater; aber wenn er, wie's hier im Hause der Brauch ist, hie und da selbst hinaus fuhr auf den Acker und daneben die Studenten mit Jodeln und Singen hinausritten, so ist's ihm doch vielleicht auch etwas verbärmlich gewesen.

Der alte Herr hatte gar keine erstaunliche Freude an dem Wesen, er fragte oftmals: »hast du denn auch schon etwas gelernt, Robert?« – er wollte auf einen Oberamtmann studiren. – »Im ersten Jahr lernt kein Student nichts!« rief der lustig, »wart' nur, Papa, wie ich im nächsten Jahr studiren werde.«

Da kam das nächste Jahr, wo er so viel lernen wollte, man hat aber nicht viel davon gespürt; Geld brauchte er viel und viel, daß es ein Graus war, einmal schrieb er an den Vater, dann wieder an die Mutter, dann an Beide zusammen, oft g'spaßige Briefe, oft ganz demüthige, – aber Geld hat er in allen gefordert. Die Mama hat ihm zugeschoben, was sie gekonnt, sie hat ihre schönen Granaten und ihre großen Ohrenringe zuletzt einmal für ihn hergegeben; er gab die allerbesten Wörtlein, und man glaubte ihm immer wieder Alles. Weil der Informator schon gesagt hatte, er habe so einen guten Kopf, und die vornehmen Herren Lehrer am Gymnasium auch, so war man gewiß, daß er lernen könne, was er wolle, sobald er nur einmal recht wolle.

Der alte Herr war oft grausam bös über ihn, ehe er in die Vakanz kam, aber wenn er so hereinschaute mit seinem guten, schönen, lustigen Gesicht und ließ dann Alles über sich ergehen und versprach das allerbeste, da konnte ihm niemand mehr feind sein. Und wenn die Mama oder der Vater krank war, verpflegte er sie wie der beste Doktor. War dann die Vakanzzeit zu End, da schlich er ein paar Tage lang ganz degenmäßig (zahm, kleinlaut) herum und hatte ein ganz feines Stimmlein, bis er dem Vater die Konto gezeigt hatte, da ging's dann allemal arg her, der alte Herr fluchte im ganzen Jahr nicht so viel wie in der einen Stunde, der Robert muckste nicht und ließ Alles über sich ergehen. Zuletzt zahlte der alte Herr, und Robert kam heraus wie ein gebadeter Pudel, wurde aber gleich wieder ganz lustig, und schrieb dann noch von der Universität einen ganz schönen Brief, in dem er die besten Verheißungen gab, so daß die Mama weinte und sagte: »'s G'müth, das hat er doch von mir.«

So ging das eine lange Zeit; der alte Herr ist auch selbst einmal auf die Universität gereist und wollte ihn heimnehmen, da haben ihm aber die andern jungen Herren so schön gethan und solche Flattusen gemacht über seinen talentvollen Sohn, daß er ihm wieder Frist gegeben hat.

Dazwischen hinein kam der Tod der Bertha, darüber war Robert auch im tiefsten Herzen betrübt, es war ihm, glaub ich, Ernst, den Eltern den Jammer zu vergüten, und es blieb eine Weile ruhig.

Er hatte schon vier Jahre lang studirt; um das Geld, das er gekostet, hätte man zehn Reiter mit sammt den Gäulen ausstaffiren können, und er war immer noch nicht fertig; da schrieb er auf einmal, er habe jetzt auch eine Braut, die er schon liebe, kein Mensch weiß wie lang, und sie sei ein wahrer Engel und ihr zu lieb werd' er jetzt Alles thun, – und kurz, das war noch sein allerschönster Brief. Der Vater aber war bös und wollte ihm alles rund abschlagen. Hatte noch keiner der ältern Brüder an's Heirathen gedacht, was sollte er, der unsers Herrgotts Garnichts war, daran denken; – die Mutter betrübte es freilich, daß er jetzt einer jungen Braut zu lieb thun wollte, was er seinen Eltern nie zu lieb gethan, aber sie meinte, man solle ihm nicht entgegen sein, das werde ihn doch anspornen.

So brachte er denn die Braut einmal heim, ein nettes, feines Fräulein, klein und hüpfenig wie eine Bachstelze, und sie hatten einander recht lieb, – die Mutter hatte sie gar gern, – der Vater schüttelte den Kopf, als Robert alle lieben Tage mit den Ackergäulen die Braut kutschenführen wollte, und ein Chaischen von der Stadt kommen ließ; und wir hatten doch die schöne Kutsche, in der heut noch der junge Herr fährt! Die Mama der Braut war auch mit da, eine gute, dicke, dumme Seele in einer großen Haube mit breiten Strichen, sie saß immer auf dem Sopha und legte die Hände übereinander, und wenn der alte Herr oder die Frau etwas Ernsthaftes mit ihr redeten, so sagte sie nur: »ja, 's ist erstaunlich!« Der Herr meinte, es wäre besser gewesen, die jungen Leute hätten mit dem Verlöbniß gewartet, bis Robert ein Examen gemacht hätte, die Frau Mama aber sagte: »o, mein Mann selig hat gar kein Examen gemacht und ist doch Salzfaktor gewesen.« Es war nichts mit ihr anzufangen.

Ein nettes Pärchen war's freilich zusammen, sie so ›rahn und züchtig‹ (schlank und fein gewachsen) und er so robust; sie lachten, sangen und jubilirten den lieben, langen Tag, und als Robert ging, war er wieder aller guten Vorsätze voll, – aber selbst die Mutter hatte keinen rechten guten Muth mehr.

So viel der alte Herr vernehmen konnte, ist es mit dem Studiren beim Robert nicht viel besser worden; jetzt mußte er auch noch der Braut Besuche und Präsenter machen und Lustfahrten mit ihr anstellen, das Wirthshaus hat er daneben nicht versäumt, und wie man dem alten Herrn einmal berichtet, daß er an einem Morgen ein Schampanierfrühstück gehalten und ausgerufen habe, wie der Pfropf in die Luft flog: »ich sauf Schampanier, mein Alter kann Most trinken!« – da hat er lang nichts mehr von ihm hören wollen. Die nächsten Ferien kam er nicht heim, er wolle mit der Braut ihre Verwandten besuchen.

Auch zu Weihnachten ist er nicht mehr gekommen, wo sonst noch alle die Kinder zusammengekommen sind, »er wolle diesmal recht fleißig arbeiten,« hat er heimgeschrieben, – ich meine, wenn er vorher was gethan hätte, war' er wie ein ordentlicher Sohn über die heilige Festzeit nach Hause gegangen; – es war ein trauriger Christtag.

Weiß nicht mehr, wie lang er's mit dem Studiren trieb, er kam noch manchmal mit der Braut und redete jetzt immer vom Examen. Ach du liebe Zeit, ich habe vorher gar nicht gewußt, was ein Examen ist, und nachher hat es mir so viel Drangsal angethan! Endlich ist er heimgekommen von der Universität, der Papa hat ihn geholt, – ist gut einpacken gewesen, er hat nicht mehr viel Gutes mitgebracht, wenig Kleider, keine Uhr, nur so lange Säbel und Handschuhe von steifem Bocksleder und Affengesichter von Draht.

»Hast du jetzt dein Examen gemacht, Robert?« fragte ich ihn. »So schön,« sagte er mit Lachen, »daß ich's den Herren noch einmal vormachen muß,« es ist ihm aber nicht halb so lächerlich zu Muthe gewesen.

Nun hat er sich in dem obern Stübchen eingerichtet, und ging an's »Ochsen,« wie er sagte. Verzeih mir's Gott, er ist mir wahrhaftig wie ein Ochs vorgekommen, wenn er so auf die Bücher hineingestiert hat, und es schien mir oft, er versteh nicht mehr davon als ich. Dazwischen kamen wieder Kameraden, die ihn abholten oder mit denen er gefochten hat im Saal drunten, oder ging er auf einen Ball, dann war's mit dem Ochsen wieder drei Tage aus. Die Braut kam auch noch einmal, es ging aber nicht mehr so lustig her bei den Zwei, es sah aus, als sitzen sie nur noch brauchshalber zusammen; sie war gar freundlich, aber er war oft verdrießlich, und wußte manchmal nicht, was er nur mit ihr reden sollte, – ich glaube, er schämte sich auch ein bischen vor ihr und vor sich.

Er reiste wieder in's Examen; diesmal hat er nicht gelacht, als er zurückgekommen ist, – im Haus hat niemand mit ihm geredt, der Vater ist fortgegangen, nur die Mutter stieg nachher in sein Stüblein hinauf und hat da bitterlich geweint.

Die Frau Schwiegermama hat auch geschrieben, ihre Tochter sei jetzt neunundzwanzig Jahre alt, ob er nicht probiren wolle, ob's nicht zum Salzfaktor reiche. Er hat allerlei probirt, wollte Schreiber werden und Apotheker, – aber ich glaube, es gibt keinen ehrenwerthen Beruf, in den Einer taugt, der seine Kraft und Zeit so sündlich verschlenkert hat.

Es war ein rechter Jammer und that mir das Herz im Leibe weh, wenn ich den schönen stolzen Menschen, der sonst dahergezogen war wie ein Fürst, so erschrocken und demüthig herumschleichen sah, und ausweichen, wenn ihm jemand begegnete.

Es war um diese Zeit, daß der Heinrich eine gar schöne, junge Braut heimbrachte, – war zwar dem alten Herrn anfangs auch nicht ganz lieb, doch war große Freude im Hause; Robert machte wohl hie und da seine alten Späße, aber es ging nimmer so recht. Er ging bisweilen auf Besuch zu alten Freunden; die waren meist in Amt und Brod, oder doch auf dem Weg dazu, auch besuchte er einmal die Braut, die sei jetzt so kränklich, habe Zahnweh und Nervenleiden, – da ist, scheints, die Freude auch nicht groß gewesen.

Dann kam er wieder und fing frisch an mit dem Studiren, es kam eine ganze Kiste voll Bücher, und ich glaube, er ist jetzt fleißig gewesen, aber 's scheint, er hat sich den guten Kopf doch verderbt durch das lustige Leben und 's ist nicht mehr so recht gegangen. Unsers Schulmeisters Ludwig, der zwei Jahre nach ihm angefangen hat, und den er und seine Kameraden mit Respect zu vermelden, einen Nachtstuhl gescholten, war jetzt schon lang Aktuar in der Stadt drüben, der kam manchmal und hat ihm geholfen, und nun hat er's noch einmal probiren wollen mit dem Examen.

Der alte Herr hat in der letzten Zeit nicht viel mit ihm geredet, es sind immer und immer wieder alte Schulden herausgekommen und er mußte vom Gut selbst einige Stücke verkaufen, das hat ihm grausam weh gethan; wie Robert aber wegreiste zu dem verwünschten Examen, da bot er ihm die Hand und sagte: »mach, daß du wieder zu Ehren kommst.« Der Karl, unser junger Herr, hat allezeit wie ein rechter Bruder an ihm gehandelt, ihm beim Vater zum Besten geredet und ihn niemals an die Zeit erinnert, wo er mit den Studenten an ihm vorbei geritten ist und gesungen hat:

> Was macht der Musje Frähr?
> Was macht der lederne Musje Frähr?
> Er treibt die Ochsen aus,
> Er treibt die ledernen Ochsen aus.

und solche Schelmenliedchen mehr; der wünschte ihm auch alles Glück auf dem Weg. Der Mutter ist kein Auge trocken worden in dieser Zeit, und wenn so ein Examen sich erbeten und erbitten ließe, es hätte müssen gut gehen; aber ich denk, der liebe Gott hat den Söhnen den Verstand nicht darum gegeben, daß zuletzt die Mutter das Examen herausbeten soll.

Nach vierzehn Tagen kam Robert wieder, ziemlich heiter, er meinte, es sei ihm gut gegangen, in ein paar Tagen werde es schriftlich kommen. Er redete davon, daß er nun vielleicht bald fortkomme, und ich mußte ihm seine Halsbinden überziehen und seinen Schlafrock herstellen, – aber es trieb ihn eine beständige Unruhe um, er lief durch's Haus, durch den Garten, auf die Straße, dem Boten entgegen, er hatte nirgends Ruh. Karl sagte einmal zu ihm vor meinen Ohren: »wenn's wieder mißglückt, so bleibst du eben bei mir auf dem Gut, Beschäftigung findest du immer.« »Gelt, ich Knecht und mein Weib Magd?« sagte der Robert mit einem unguten Lachen, »paß nicht dazu.« Und es ist wahr, er hatte es oft ungeschickt genug angegriffen, wenn er etwas thun wollte, auch hätte das Gut, heruntergekommen wie es durch die großen Ausgaben war, wohl keine zwei Familien mehr erhalten.

Nach acht Tagen, glaub' ich, kam der Bote mit einem großen Brief an Robert. Er war allein daheim und mir hat er verboten, etwas davon zu sagen, hat mir auch nichts gesagt, was darin steht, aber mir war nichts Gutes vor, ich dachte gleich, es werde wieder nichts sein mit dem Examen. Seine Schlafstube ist unter der meinen gewesen, da hörte ich ihn die halbe Nacht herumgehen. Ich dachte, ich wolle mit der Mutter reden oder mit ihm selbst, aber er ist früh am Morgen aus dem Haus gegangen.

Siehst du das grüne Plätzlein mit den vier Tannenbäumen dort oben, eh' der Laubwald anfängt? Das war in jungen Jahren des Roberts sein Lieblingsplätzchen gewesen und er ist später, so lang die Bertha noch lebte, auch gar manchmal mit ihr dort gesessen, eh' der Bräutigam kam. Von dort her hat man einen Schuß gehört, und dort hat man den Robert todt gefunden. Er hat zwei Briefe hinterlassen, an die Braut und an die Eltern, was darin stand, weiß ich nimmer, – er könne nicht mehr leben ohne Ehre und so allerlei; er hat auch noch Gottes Barmherzigkeit angerufen, die möge sich sein erbarmen!

Gott behüte dich davor, einen solchen Jammer auch nur mitanzusehen, liebes Kind. Sie waren Alle nicht zu trösten und der alte

Jammerruf Davids ertönte wieder von des Vaters Lippen: »mein Sohn, mein Sohn, o daß ich hätte für dich sterben dürfen!«

Das Mitleid war groß mit dem armen, verirrten Menschen, er wurde gar schön und in allen Ehren begraben. Es sind auch noch von seinen alten Freunden gekommen und um das Grab hergestanden, da haben sie einen schönen, beweglichen Gesang angestimmt. Weiß nicht, ob's Keinem unter ihnen eingefallen, daß auch er mit Schuld trage an diesem Tode, weil er mit geholfen, das zu einem Spaß und zu einer Freude zu machen, was eine sündliche Verschleuderung des anvertrauten Pfundes gewesen.

Alle Morgen und alle Abende, wenn ich nach meiner Bertha Blumengärtchen hinausschaue, das du wieder so schön gemacht hast, blicke ich auch hinauf zu den Tannen und bete ein Vaterunser für meinen Robert.

Wenn ich so lustige junge Herren sehe, denen ich's ja von Herzen gönnen mag, so möchte ich ihnen doch auch gern von dem armen Robert erzählen und ihnen den Spruch von Salomo sagen: »So freue dich, Jüngling, in deiner Jugend und laß dein Herz guter Dinge sein in deiner Jugend. Thue, was dein Herz gelüstet und deinen Augen gefällt, aber wisse, daß dich Gott wird um dies Alles vor Gericht führen.«

*

9.

Wer hätte gedacht, liebe Julie, daß durch diese Räume, die so gleichgültig, so gewöhnlich aussehen, so viel tiefes Leid gegangen wäre! Es thut mir fast leid, daß mir die poetische Fröhlichkeit des Studentenlebens nicht mehr in so anziehendem Lichte erscheint. O, diese rauhe, kalte Welt mit ihren Forderungen!

Aber, Theuerste, ich bitte Dich, kann denn wahr sein, was mir die Mutter, – die gute Mutter, so ahnungslos, welchen Todesstoß sie ihrem Kinde versetzt, – von *Almorini*, – einmal will ich doch den Namen aussprechen, – in ihrem letzten Briefe schreibt? Er ein Betrüger, ein Schwindler, ein musikalischer Uhrmachergesell, der mit seiner schönen Gestalt und Stimme und seinem italienischen Aussehen selbst die Vorsteher des Instituts zu berücken gewußt und nun wegen Schulden und Betrügereien schimpflich fortgewiesen?! – Es kann nicht sein, es darf nicht!

> Diese Brust voll Kraft und Liebe,
> Dieser liedersüße Mund.

Diese adelige Gestalt und das tiefe, tiefe Auge, o, ich bitte Dich, schreib' mir umgehend, daß Alles Irrthum und Verläumdung ist. Wäre es aber doch so, – nein, es darf nicht sein! – dann, Theure, schweig und laß uns weinen, daß so das Schöne enden muß. –

> Wird Alles denn zu Jammer,
> Was Jugend hofft und glaubt?

Hier natürlich muß ich schweigen von dem, was mich so tief bewegt, wäre aber dieser Schatten nicht, so wäre ich mit jedem Tage lieber hier.

Ich kann jetzt da und dort der Tante helfen, habe auch schon einmal ganz allein gekocht, dem Tobias hat's geschmeckt; ein so großer Appetit ist freilich fast prosaisch, aber es freute mich doch.

Habe auch wieder einen Krankenbesuch gemacht, diesmal ging die Tante mit mir hin, sie meinte, ich solle bei leichteren Aufgaben anfangen; wir waren bei einem jungen Mädchen, die an einem schmerzhaften Fußleiden schon seit Jahren darnieder liegt. Sie ist oft tagelang allein, da ihre Eltern in's Feld gehen, aber ihr Stübchen ist nett und reinlich. Tante bat mich, ich solle sie häckeln lehren, da sie mit den Händen arbeiten kann, das macht jetzt uns Beiden Freude; ich bin nicht mehr so verlegen, auch Christine ist gerade nicht schüchtern; sie hat sehr viel gelesen, zwar nur die Bibel und den Arndt und solche Bücher, Du glaubst aber nicht, welche Ruhe und Klarheit das Mädchen hat. Ja, liebes Herz, das Blättchen wendet sich, hier sitze ich und lasse mich belehren, obgleich es Christine nicht merkt. Dieser Frieden und diese Heiterkeit bei einem so jammervollen Leben! – Ich schäme mich fast meiner Freuden und – meiner Thränen.

Gegenwärtig habe ich überhaupt ungeheuer viel zu thun, meine Stickereien liegen ganz darnieder, aus dem Fensterteppich in meinem Stübchen will ich jetzt dem Onkel eine Bettvorlage machen, Kragen und Aermel und Chemisetten habe ich genug auf lange, ich habe an so viel anders zu denken.

Tante hat eine arme Wäscherin vom Dorf, wenn die hier ist zur Wäsche, so kommen ihr fünf kleine Mädchen nachgekrabbelt und treiben sich im Hof herum, ein Nanele und ein Minele, ein Rösle und ein Louisle und ein Hannele, ganz gleich, wie ein Schachteleinsatz, nur immer Eine ein Bischen größer als die Andere; wie es neulich so kühl war, hieß mich die Tante sie in die Gesindestube führen, da bin ich so nach und nach mit ihnen bekannt worden, ich wollte ihnen Unterricht geben, wie das ja in den englischen Erzählungen so hübsch kommt, aber Tante meint, die Größern lernen, was sie brauchen in der Schule, ich soll mich lieber mit den Kleinen ein bischen befassen. Nun habe ich ihnen Puppen gemacht, hättest du diese Glückseligkeit gesehen! und Annamareile hat mir Jäckchen für sie geschnitten; Nachts stricke ich Strümpfe, – ich weiß nicht anzufangen vor Geschäften und wünsche mir nur die gute Ruhe der Tante, die immer zu Allem Zeit hat und mit Allem fertig wird. Sie selbst ermahnt mich oft, die Musikübungen nicht liegen zu lassen, ich habe aus den alten Noten der seligen Bertha, die auf der Bodenkammer liegen, einen Menuet und ein paar Lieder gelernt, – früher wollte ich nur italienisch singen, Du weißt warum, – wenn ich die anstimme, da lacht und weint der Onkel vor Freude und Rührung; ich habe mich nie eines Beifalls so gefreut.

Und Tobias, was meinst Du? der ist jetzt mein Schüler im Französischen, damit ich's nicht verlerne, sagt er. Das ist eine sonderbare Lection; mein Schüler fragt mich eine Menge Dinge, auf die ich mich selbst noch nie besonnen habe, dann unversehens nimmt er die Grammatik und fängt an, mich zu belehren. Ich höre jetzt erst, daß er ganz gut Latein und Griechisch versteht. Er ist gar nicht so trocken, wie ich meinte, und es geht oft ganz lustig zu in unserer Stunde.

Im stillen Kämmerlein, da freilich erwacht oft wieder die schwere Frage: ist es wirklich? ist er in Staub gesunken der hohe Stern der Herrlichkeit? –

Heimlich muß ich immer weinen,
Aber freundlich kann ich scheinen
Und sogar gesund und roth;
Wären tödtlich solche Schmerzen
Meinem Herzen,
Ach, schon lange wär' ich todt!

Dazu ist nun freilich keine Aussicht, es ist mir etwas bang, bis Du mich wieder siehst, ich bin fast zu blühend, die Bleichsucht ist wie weggeblasen.

Meine Haare trage ich jetzt in tiefen Scheiteln, die *Chinois coiffure* gefiel der Tante nicht. Annamareile hat mir nun auch die Heiraths-geschichte von Großonkel und Großtante erzählt, Du sollst sie das nächstemal bekommen.

Und nun, Herz, antworte bald, sei es nun Leben oder Tod,

Deiner
bekümmerten Fanny.

*

Geschichten der alten Nähterin

Rahel und Lea

»Ich habe Dir schon erzählt, daß Heinrich, der Kaufmann war, und ein schöner, stattlicher Mann, wenn auch nicht so schön wie der Robert, unversehens eine Braut in's Haus gebracht hat. Rosalie hieß sie, und war die allerschönste Jungfer, die ich nur gesehen habe. Ganz anders als die Bertha selig; sie hatte kohlschwarze Haa-re, die glänzten wie ein Spiegel, und schwarze Augen, – eine dop-pelläufige Flinte hat's der Robert einmal im Scherz genannt, und schöne, schöne rothe Backen, wie Sammet, und sie ging einher wie eine Herzogin.

Nun war sie aber ganz arm, ihr Vater war ein bankerotter Kauf-mann gewesen; der Heinrich hatte sie kennen gelernt, wie man ihrem Vater ausverkaufte, und hatte sich gleich am andern Tag mit ihr versprochen. Heinrich selbst war noch jung, und der alte Herr war der Meinung, ein Bischen Warten wäre klüger gewesen, ein Kaufmann soll nicht nur so nach Gusto zulangen, sondern auch auf's Zeitliche denken. Als die Mama meinte, die habe er jetzt eben lieb gehabt, da sagte der Papa ärgerlich: »Dummheit, kann man sich denn nicht auch in vermögliche Mädchen verlieben?«

Nun, geschehen war geschehen, dem alten Herrn gefiel das schöne, fröhliche Töchterlein selbst, und wäre er nicht durch den Robert so gar ausgeschöpft gewesen, er hätte gleich von Anfang nichts dawider gehabt.

Alles hat mir an der schönen Braut nicht gefallen; sie brachte drei Hüte und drei Paar Zeugstiefeln, aber keinen guten Lederschuh; alle Morgen kam sie in der Stille zu mir herauf, damit ich ihr die Haare flechte, weil sie es nicht selbst konnte, überhaupt war sie gegen mich gar zutraulich, weil sie alleweil so gar viel zu flicken hatte, – nein, die Löcher, Kind, wie die zusammengezogen waren! und ein schwarzseidenes Kleid, da waren die schadhaften Stellen mit englischem Pflaster verpappt, einen schönen Sammtsalopp, den ihr der Bräutigam verehrt, zog sie Morgens zum Frisiren an und hatte dazu ein Handtuch um den Hals geschlungen, weil sie just ihr Halstuch nicht gefunden, – und die gestickten Kragen waren nur so obendrauf auf's Kleid genäht, – nein Kind, das ist keine Kaufmannsfrau, und wenn ich ein Mann wäre und mir ein Mädchen gefiele, – ich ließe erst eine gute Nähterin nach ihren Sachen sehen, um zu wissen, ob sie auch eine rechte Hausfrau gibt. Mit Stecknadeln und Haarnadeln war's wie gesät, wo sie gewesen war, und ihren schwarzen Atlaßstiefel hat sie einmal mit einem alten Bindfaden geschnürt. Ein Suchen und Jagen war den ganzen Tag: »Annamreile, hat Sie mein Sacktuch nicht gesehen? Marie, wo sind meine Handschuh? Herz (das war nämlich der Heiner), du hast gewiß meinen Geldbeutel gefunden,« und so ging's fort. Die Mama dachte wohl auch ihr Theilchen, aber sie sagte nichts, und wenn die Rosalie mit ihren Sonnenäuglein einen anblickte, so vergaß man Alles. Der Papa hatte seine größte Freude an ihr und getröstete sich eben, Karl müsse dann um so vernünftiger wählen.

Heinrich etablirte sich, auch gegen des Vaters Willen, in einer kleinen Stadt. Er war in Bremen, in Hamburg, in all den großen Handelsstädten gewesen, nun sollte er auf einmal Schnupftabak vorwiegen und den Käse kreuzerweis verkaufen.

Aber er wollte eben heirathen und dachte an sonst nichts, kam ihm Alles lauter Herrlichkeit vor. Die junge Frau sagte zwar mit Lachen, daß es all ihr Leben lang ihr schauerlichster Gedanke gewesen sei, einen Detailkaufmann zu heirathen, der Häring und Stockfische führe, und verlangte mit Thränen, er soll Banquier werden, oder doch ein Modewaarenlager in der Residenz errichten; wie sie aber einsah, daß es nicht ging, schickte sie sich drein. Sie machte nur die Eine Bedingung, daß sie nie den Laden betreten dürfe, und richtete sich dann in den obern Zimmern wie eine Prinzessin ein, – Plüschmeubel, gestickte Vorhänge, glaube gar ein gläsernes Waschbecken auf ihrem Toilettentisch; – Tischzeug und Bettlinnen machte man dann von Baumwolle, ihre Küche mußte man schließen, damit kein ordentlicher Mensch hineinsehe, statt einer rechtschaffenen Wasserschapfe hatte sie ein zerbrochen irden Töpfchen, – kein Zinn natürlich, nur Porzellanteller, das gab den ganzen Tag Musik vom Zerbrechen, und der kleine Hof hinter dem Haus hatte das schönste Pflaster von Porzellanscherben aller Farben. Sie schickte sich ganz gut in ihre Verhältnisse, wie sie glaubte, und fand es recht kommod, Zucker und Kaffee umsonst zu haben.

Die alte Frau hatte manche stille Sorge darüber; da kam aber Roberts Tod, der nahm allen kleinen Kummer mit fort und gab ihr einen schweren Herzstoß. Sie trug es nicht zu lange mehr.

Die alte Frau lag wochenlang krank. Heinrichs Frau kam herüber, um sie zu pflegen, sie that ihr alles mit dem besten Willen, wenn sie nur nicht so oft den Speisekammerschlüssel verlegt hätte, gerade wenn man etwas brauchte; auch legte sie einmal der alten Frau zum Essen eine feine Damastserviette auf's Bett, die man nur bei den höchsten Festen nehmen sollte, ein andermal wieder ein schmutziges Trockentuch, wie's ihr eben in die Hand kam, und lächelte eben so holdselig, wenn man Haarnadeln in der Suppe fand, als wenn alles in Ordnung war. Das machte die alte Frau ungeduldig und ich mußte sie bald allein besorgen.

Von allen Besuchen war ihr Einer der liebste, das war die Fräulein Luise, des Amtmanns Tochter von Seeburg drüben. Schön ist die gar nicht gewesen, auch gar nicht; – duhs von Farbe (schlicht, unscheinbar) und von stillem Wesen, aber wo sie ging und stand, wurde alles recht säuberlich, es sah immer aus, als ob sie ausruhe, und doch hat sie zweimal so viel gethan als andere. Sie war gar eine reiche Jungfer, ein einziges Kind, und hatte anerstorbenes Großmütterliches, weiß kein Mensch wie viel, aber so bescheiden dabei und so gut, – wenn sie den Gulden verschenkte, so achtete sie doch auf den Kreuzer, – eine Ausbundsjungfer das. Sie war einmal da zur Zeit, wo auch Heinrichs Frau hier war, und saß am Bett der kranken alten Frau, da lag unter dem Stuhl ein prächtiger Florshawl der Frau Rosalie, wie denn immer etwas von ihr herumlag. Sie hob ihn still auf und legte ihn zusammen. »So sollten Sie sich einen kaufen,« sagte ich. »Wozu?« fragte sie und sah lächelnd in den Spiegel, »sehe ich einem solchen Shawl gleich?« Nun, es ist wahr, der Rosalie hat er prächtig gestanden.

So lieb sie der alten Frau war, so kam sie doch gar selten herüber, es schien beinahe, als ob sie unserem jungen Herrn, dem Karl, aus dem Wege ging, und sie hätte das nicht nöthig gehabt: außerdem daß er sie grüßte, nahm er sie gar wenig in Acht; ich sah wohl, daß das der alten Frau weh that, sah auch, wie die Luise ganz besonders eifrig strickte oder nähte, und nicht aufsah, wenn der junge Herr in die Stube kam, und wenn sie eben vorlas, so klang ihre Stimme auf einmal ganz anders; aber er, wie gesagt, machte sich nicht viel aus ihr, und nöthig hatte sie's nicht, sich um ihn zu kümmern; du lieber Gott, wo so ein Vermögen ist, da gibt's Werber im Ueberfluß.

Die alte Frau ist gestorben. »Gönnt mir's nur,« bat sie, und es war ihr zu gönnen, sie ist recht müde gewesen. Sie war mit Karl noch viel allein und hat ihn tausendfach gesegnet als ihren lieben Sohn, der ihr keine trübe Stunde gemacht. Was sie alles mit ihm gesprochen, weiß ich nicht, aber das weiß ich, daß sie ihm gewiß nichts anbefohlen hat über eine Heirath, dazu war sie zu gescheidt; sie wußte, daß es Gottes Sache ist, die Zukunft der Unsrigen zu ordnen, und nicht Sache der Sterbenden, die keine Stunde vorauswissen und kein Wort mehr zurücknehmen können.

Es ist eine schwere Trauer, wo so eine Hausfrau fehlt; der liebe Gott wolle mich das nicht noch einmal erleben lassen. Frau Rosalie kam über die Zeit der Theilung, sie sah wunderschön aus in der Trauerkleidung, und war ihr von Herzen leid um die gute Mutter, aber ein Durcheinander gab's, wo sie ging und stand, und so lieb sie dem alten Herrn war, er athmete doch leicht auf, als sie mit einander gingen; – es schien bei Heinrich nicht splendid zu gehen: eh' er ging, hörte ich jedesmal die Geldkasse des alten Herrn klingeln, und doch war der Heiner geschickt und fleißig; – die Herrlichkeit mit der Liebe war auch nicht mehr so groß, wie dazumal, wo sie einander so gern hatten, daß es eine Schande war, und er sie auf den Händen trug und sich den Kopf abgerissen hätte und ihr zu Füßen gelegt, wenn sie's gewollt, und wo sie dummer als die kleinsten Kinder mit einander geredet hatten.

Ich hörte jetzt manch scharfes Wort fallen, dann weinte die junge Frau und schloß sich ein, und er klopfte an der Thür, bis sie aufmachte, und sie küßten sich einander wieder, – ein närrisches Leben das.

Jungfer Luise vom Amthaus war nur ein einzigesmal dagewesen, – am Tag der Leiche, und hatte einen Kranz von grünem Epheu in den Sarg gelegt. Nachher kam sie nicht mehr, aber Herr Karl ging nun manchmal nach Seeburg hinüber, und als er nach einem Halbjahre kam als ihr Bräutigam, da waren wir gar nicht verwundert, aber recht vergnügt; wir wußten wohl, was das für eine gute Frau in's Haus gebe; der alte Herr weinte vor Freude.

Nach dem Trauerjahre sollte die Hochzeit sein, – die Braut kam manchmal auf Besuch, und als sie der alte Herr darum bat, nahm sie sich auch da und dort schon um das Hauswesen an, in aller Bescheidenheit, aber was sie nur anrührte, hatte eine Art.

Braut und Bräutigam waren freilich nicht so zärtlich zusammen, wie früher der Heinrich und vorher Robert, der arme Junge, mit seiner Braut gewesen war. Sie gaben einander nicht so kindische Namen, sie hatten nie keinen Hehling (Geheimniß) miteinander, sie redeten von vernünftigen Sachen und begehrten nie allein zu sein. Es war so recht gescheidt, aber ich dachte doch manchmal, es könnte anders sein, ein Bischen mehr dürfte man doch sehen, daß sie Braut und Bräutigam sind, und ich meine fast, Jungfer Luise dachte es selber.

Wenige Wochen vor der Hochzeit war sie noch einmal hier. Der alte Herr wollte den jungen Leuten alles übergeben, so war Manches zu besprechen; die Braut kam herauf zu mir in diese Stube, um wegen der Gesindebetten zu reden, wir besahen die alten Sachen, was noch zu brauchen sei, als wir den alten und den jungen Herrn miteinander in die äußere Stube kommen hörten. In der äußern Stube stand der Schrank mit den Schriftlichkeiten, da hatten sie etwas auszumachen. Wir dachten an keinen Hehling und wollten nur still bleiben, bis die Herrn fertig seien, um nicht zu stören; die aber wußten nicht, daß Luise oben sei, und an mich dachte man nicht, – wenn man so lang in einem Hause ist, so ist man am Ende wie gar Niemand.

Der alte Herr legte dem Karl, wie's scheint, Papiere vor und sagte: »So, nun siehst du, was deine Brüder schon empfangen haben, es ist freilich viel mehr, als jetzt noch frei auf dem Gute steht, und Robert, der arme Junge, hat sein Erbtheil reichlich vorausbezogen, aber mit dem schönen Vermögen deiner Braut –«

»Natürlich!« brach jetzt der Karl los, so hitzig, wie ich ihn niemals gesehen, »mit dem Vermögen meiner Braut! Für mich ist alles gut. Die Brüder gehen hin, treiben was ihr Herz gelüstet, genießen das Leben nach allen Seiten, verlieben und verloben sich nach ihres Herzens Wunsch, während ich daheim der Lastesel bin; zuletzt bin ich gut genug, ohne Liebe um des Geldes willen zu heirathen, damit dem Gute aufgeholfen wird. Natürlich!« und er schritt heftig auf und ab; ich zitterte wie ein Espenlaub und wagte nicht, die Braut anzusehen.

»Aber, lieber Karl,« sprach der alte Herr, selber ganz erschrocken, »es hat dich ja niemand gezwungen.« – »Gezwungen? nein, man hat mich nicht mit Gewalt hinübergeführt, aber der Mutter Wunsch, und dein Wunsch, und das herabgekommene Gut, und Heinrich, der immer noch daran melkt, das Alles trieb mich dazu, und ich redete mir ein, es sei ein edles Opfer, und jetzt, wo es Ernst wird, sehe ich, daß es eine Niederträchtigkeit ist.«

»Aber, Karl, hat denn deine Braut keinen Werth als ihr Geld, haben wir's wirklich so schlimm mit dir gemeint?« – »Eben weil ich ihren Werth erkenne, sehe ich, wie schlecht es ist, ihr eine Hand ohne Liebe zu bieten.« – »So geh in Gottes Namen und hol' dir ein schönes Weib, und verlaß deinen alten Vater,« sagte gebeugt der alte Herr, »um meinetwillen darfst du keine Reiche nehmen, ich habe, was ich brauche für meine paar letzten Tage.« Wie nun der Karl seinen Vater so unglücklich sah, that's ihm leid, denn er hat das beste Herz. Er tröstete ihn wieder und versicherte ihm, er selber sei nicht unglücklich, es sei ihm nur unedel vorgekommen, es gehe gewiß gut, und er wolle seiner Frau alles Gute und Liebe thun, damit sie nicht empfinde, daß er sie eben nicht so recht gern haben könne. So gingen die Zwei in gutem Frieden miteinander, die Luise aber lag auf ihren Knieen und hatte ihr Gesicht auf dem Stuhl liegen, und weinte und schluchzte, als wir allein waren – Kind, ich habe schon viel weinen sehen, aber solche Thränen noch nie.

Endlich stand sie auf und ging auf und ab, so heftig wie Karl vorhin, und sie war doch sonst so sanften und stillen Sinnes. »Er soll mein Geld haben, alles, alles!« sagte sie, »ich aber will fort, weit, weit, – mein Brod mit meinen Händen verdienen, er soll nie wieder von mir hören, o, er soll wählen nach Liebe!« Dann weinte sie wieder bitterlich und zog den Verlobungsring ab und gab ihn mir, ich soll ihn ihm bringen; – ich wußte mir nicht zu helfen. Endlich faßte ich mir ein Herz und stellte ihr all das Elend vor, das ihr Zurücktreten so kurz vor der Hochzeit über Alle bringen würde, das Leid ihrer Eltern, den Jammer des alten Herrn; davon, daß es auch Karl leid wäre, wollte sie nichts hören, aber das sah sie selbst ein, daß er ihr Geld ohne sie gewiß nicht annähme und daß er auch nicht glücklich werden könnte, wenn er all den Jammer verschuldet. Aber sie wollte eben doch nimmer, sie war ganz wie von Sinnen. »Nun,« sagte ich zuletzt, »wenn Sie ganz gewiß glauben, daß es Gottes Wille ist, daß Sie Ihr Wort zurücknehmen, und nicht der Wille Ihres stolzen Herzens, so thun Sie es in Gottes Namen.« Da ist sie lang still geblieben und hat ihr Gesicht wieder verhüllt, dann blickte sie auf und sagte: »in Gottes Namen! ich glaube, es ist sein Wille, daß ich das Loos der Lea tragen soll. Du,« sagte sie zu mir, »versprich mir, daß niemand erfährt, was hier vorgegangen, auch mich selbst darfst du nie, nie daran mahnen, aber beten darfst du für mich, daß Gott mir hilft meines Weges zu gehen mit demüthigem Herzen.« So haben wir geschwiegen.

Sie war eine lange Zeit gar still, und an der Hochzeit sah sie aus wie ein Opferlamm, das demüthige Wesen stand ihr aber gut an, sie war auch sonst nie stolz gewesen, aber so sicher und gerad aus. Den Karl focht es manchmal an, ob sie keinen stillen Kummer habe, und so bekümmerte er sich mehr um sie, als wenn sie so ruhig und sicher wie zuvor gewesen wäre.

Eine treuere Haushälterin über Gottes Gaben, als die junge Frau nun war, ist gewiß noch nie auf Erden gewesen. Unermüdet vom Morgen bis zum Abend auf das Kleinste wie auf das Größte bedacht, vor keiner Arbeit scheu, als ob sie blutarm gewesen wäre, und das Alles in sanftem und stillem Geist, so daß man wohl sah, daß sie zu ihrem irdischen Tagewerk sich die Kraft von oben geholt. Die alte Frau, Gott hab sie selig, war eine rechtschaffene Hausfrau, aber man hörte, was sie that, und sie war der Meinung, wenigstens einmal in vier Wochen müsse das ganze Hauspersonal von der Küchenmagd bis zum Stallbuben tüchtig abgerumpelt werden. Das war nicht der jungen Frau ihr Sinn, und doch ist alles in der Ordnung geschehen; freilich setzte es die Leute in Respekt, daß man wußte, wie eine reiche Tochter sie war, und sie doch arbeiten sah wie eine Magd, während sie daneben Einsicht hatte.

Und wie sie den alten Herrn in Ehren hielt und versorgte, und wie sie auf den jungen Herrn Bedacht nahm, und wie sie ihm an den Augen absah, was er dachte und wünschte, – so hab' ich noch nichts gesehen, – es mußte ihm wohl dabei sein, und der Segen und das Gedeihen kam über's Haus wie im Schlaf.

Aber viel Freude ist nicht dabei gewesen. Etwas Scheues und Stilles war an der Frau, wenn sie bei dem Herrn allein war, – ich, ich einfältiges altes Ding merkte oft, wie ihm das Herz voll war und wie er ihr gern gesagt hätte, was sie für ein Weib sei, aber sie merkte es scheints nicht, und er konnte nicht beikommen, es ihr zu sagen; sie that so viel, aber sie that es fast nur wie eine treue Haushälterin, nicht wie eine Frau. Ich hätte gern etwas gesagt, aber ich war nicht so keck, weil sie selbst wollte, ich solle nicht mehr an das denken, was wir damals zusammen gehört.

Da wurde die Frau krank. Sie hatte ihren Vater verpflegt, der am Schleimfieber gestorben war, und lag nun selbst schwer darnieder. Ich durfte sie verpflegen, und sie verbot den Herrn zu ihr zu lassen; wegen der Ansteckung; er ließ sich aber nicht abhalten und ging immer ab und zu. Am siebenten Tage sah es gar schlimm aus, und eh der Doctor Abends ging, sprach er noch mit dem Herrn und sagte ihm wohl nichts Tröstliches.

Die Frau lag da wie todt, ich war allein bei ihr, um die Nacht zu wachen; da kam der Herr herein ganz todesbleich. »Laß mich da,«

sagte er, »ich wache die Nacht hier.« Ich wollte das nicht zugeben, da wehrte er mit der Hand und sagte leis: »wenn's doch vorüber ist, so will ich noch bei ihr sein, ich ganz allein.« Dann sank er zusammen am Fuß des Betts und drückte den Kopf in die Decke und weinte und schluchzte wie ein Kind. Kind, es ist furchtbar, wenn so ein Mann weint. »Es war zu viel Segen, ich war diesen Schatz nicht Werth,« sagte er noch, dann aber nahm er sich zusammen, ließ sich alles von mir sagen und setzte sich still an's Bett, eine von ihren Händen lag auf der Decke, da legte er leise die seinige darauf. Ich ging in die Nebenstube, um bei der Hand zu sein.

Mitten in der Nacht hörte ich leise reden. Ich fürchtete, es gehe zum Ende und sah heraus. Die Frau lag noch so matt da wie immer, aber der Herr hatte den Kopf zu ihr herabgebeugt und sie redeten mit einander. Es war mir seltsamlich zu Muth, aber ich wagte nicht hereinzukommen und ging still wieder fort.

Am nächsten Morgen lag die Frau immer noch so da, ich wußte zuerst nicht, ob sie gestorben war, wie ich aber herauskam, da lächelte sie so glückselig wie ein Kind, und sie und der Herr schauten einander an, Kind, mit solchen Augen! ich sage dir, die schöne Frau Rosalie ist mir nie so schön vorgekommen wie meine junge Frau, die doch nie schön gewesen, an dem Morgen, krank und schwach wie sie war. Ich fürchtete, sie werde sterben, weil sie aussah wie ein Engel.

Aber sie ist nicht gestorben, sie ist gesund geworden und hat wieder gethan, was sie vorher that, aber eine ganze andere Freude und Lust und Liebe ist in allem gewesen. In selbiger Nacht ist sie's inne worden, wie lieb er sie hat. Sie und der Herr haben freilich auch jetzt noch nicht so dumme Sachen miteinander gemacht, wie vor Zeiten der Heinrich und seine Braut, aber wenn sie nur einander angesehen haben, so ist einem ein ganz helles Licht aufgegangen. Der Herr hat niemalen zu ihr gesagt: »Du bist eben mein Stern und meine Rose und mein Engel und meine Nachtigall!« wie der Heiner zu der Seinen, auch nicht so kindische Wörter wie Robert, der arme Junge, der so dumm redete, daß ich mich schäme es wiederzusagen, aber wenn sie Nachts, wenn Alles in Ruhe war, auf dem Sopha zusammensaßen und die Hände ineinander legten und redeten, oft nur von dem Tagesgeschäft und was morgen geschehen sollte, und wenn man so spürte, wie er sich auf sie von ganzem Herzen verließ in allen Dingen, und wie ihr sein Vertrauen wohl that, – Kind, das wäre mir lieber als so ein Abend in einer Rosenlaube.«

»Aber, Annamreile, ich möchte einmal glücklich in der Rosenlaube sitzen und nachher erst noch auf dem Sopha.«

»Du bist nicht dumm, geht dir wie dem Schulbuben, der einen gemästeten Ochs mit Liebe begehrte, als man ihn über den bekannten Spruch befragte; – kann auch geschehen, nur dünkt mich, ist das Brautglück ein goldenes Samenkörnlein, läßt man's nur so liegen und spielt mit, so stirbt's ab. Du mußt ihm guten Boden bereiten und es treulich pflegen, dann wächst's mit Gottes Sonnenschein und Regen und trägt hundertfältig Früchte.

Der alte Herr hat noch glückselige Tage mit erlebt, und wenn er die Zwei so vergnügt beisammen sah, hat er nur mich oft hehlings angestoßen und mit den Augen gewinkt; – ich war dazumal noch öfter unten.«

»Und die schöne Rosalie?« fragte ich, – denn Du mußt wissen, Julie, daß das meine Großmutter war; ich möchte wissen, ob ich ihr ein wenig gleich sehe.

»Die Rosalie? ach, da ist's traurig gegangen. Sie konnte nicht sparen und that allezeit vornehmer als es reichte, – wenn sie einmal eine Wassersuppe kochte, so buck sie einen Kuchen dazu, daß es nicht gar so schlecht sei. Der Herr Karl half ihnen und stützte so viel wie möglich, aber der Wagen war im Fallen. Zuletzt war nimmer zu helfen, dem Heinrich ging's wie seinem Schwiegervater, und er und seine Frau kamen hieher sammt ihrem einzigen Kind. (Sie vergißt immer wieder, daß dies Kind mein Vater war.) Liebes Kind, Gott bewahre dich, daß du nie aus deines Mannes Munde ein Wort hören dürfest, wie die arme Rosalie viele hören mußte! Von der Rosenlaube waren scharfe Dornen übrig geblieben.

Heinrich fand eine Stelle als Buchhalter, Rosalie blieb hier, und Frau Luise hat wie eine rechte, treue Schwester an ihr gehandelt. Sie war ein gutes Kind, die arme, schöne Frau, sie nahm Vernunft an, und was sie noch lernen konnte, das hat sie gelernt.

Später sind sie wieder zusammen gekommen und ist ihnen noch leidlich gut gegangen, aber Frau Rosalie hat nicht lange mehr gelebt.

So ist der Lea ein besser Loos gefallen als der schönen Rahel.«

*

10.

Seit Annamreile's Erzählung sehe ich die zwei alten Leutchen mit ganz andern Augen an, und verstehe jetzt erst die stille Innigkeit ihres Verhältnisses. Es thut mir auf's neue leid, daß mein Vater diesem gütigen Onkel so entfremdet wurde, aber ich kann mir nun wohl erklären, daß er, nach allem, was er für ihn und den Großvater gethan, gekränkt war, als der Vater gegen seinen Rath und Zustimmung eine Verbindung schloß; und mein guter Vater scheint etwas aufbrausender Natur gewesen zu sein.

Nun, jetzt vergütet der Großonkel alles Versäumte reichlich an mir. Ich genieße viele Liebe hier, und seit ich die Herzensgeschichte der Großtante kenne, könnte ich ihr alles, alles zu liebe thun. Sie gewinnt auch allmälig Glauben an meine Leistungen und vertraut mir an, daß sie wohl fühle, wie sie alt werde und gern einen Theil ihrer Regierung in jüngere Hände legen würde. Nun, Vetter Tobias wird schon in irgend so einer Verwaltungsaktuarstochter mit fünfzehn Geschwistern sein Ideal finden und heimführen.

Unsere französische Stunde nimmt ihren guten Fortgang und ich lerne immer noch von meinem Schüler mehr als er von mir.

Da Du nun durch mich und Annamreile die ganze Genealogie unseres Hauses erfahren, so möchtest Du doch wohl wissen, von wannen der Tobias stammt. Der ist der Sohn von Großonkels einziger Tochter, – zwei Söhne sind ihnen noch klein gestorben.

Diese Tochter hieß Luise wie ihre Mutter, sie war die Aelteste, ein Jahr nach jener Krankheit der Großtante geboren. Sie sei nicht sehr schön gewesen und auch kein Haushaltungsgenie wie ihre Mutter, aber ein gutes, frommes und fröhliches Geschöpf. Nun war es ein seltsames Ereigniß in einem so ganz nüchternen bürgerlichen Hause, daß dieses Töchterlein sich in einen jungen Offizier verliebte, der im Herrenhause im Quartier lag. Der Großonkel wollte nichts da-

von hören, aber die Großtante, sie, die doch selbst in einer Verstan-
desheirath, wenigstens von des Mannes Seite, ihr Glück gefunden,
wollte, wie es scheint, doch dem Töchterlein das kindische junge
Glück gönnen, das sie selbst nicht gekannt, und der Großonkel that
es ihr zu liebe.

Der junge Krieger entschloß sich, die Waffen niederzulegen und
mit dem Schwiegervater Kohl zu pflanzen. Es war eine kurze Herrlichkeit. In den Befreiungskriegen verließ er mit Bewilligung der
Eltern seine junge Frau, in der Hoffnung, nur ein bischen mitzusie-
gen und dann fröhlich zu seinem Herd und Hof zurückzukehren.
Es war anders bestimmt. Er fiel bei Waterloo, noch ehe sein Sohn
das Tageslicht gesehen.

Die arme Luise starb bald nach der Geburt des Kindes. »Du arme
Waise,« sagte sie im Scheiden, »Gott sende dir einen Engel zum
Geleit wie dem Tobias, da Vater und Mutter dich verlassen.« Da-
rum heißt der Vetter Tobias.

Ich kann nicht mehr lachen über seinen Namen, und wie er selbst
mir erzählte, daß er nie eine Vaterhand gedrückt und nie einer Mutter Lächeln gesehen habe, da hätte ich weinen können. Das muß
doch einer Seele ein lebenslängliches Heimweh lassen.

So haben die stillen Augen der guten Großtante schon viele Thränen vergossen, aber ihr Glück ist nur inniger geworden durch alles
Leid. Wenn ich Frau würde, – nun lach' nicht, Julie, es ist ja alles auf
der Welt möglich, – dann möchte ich wohl auch, daß mich mein
Mann im Alter noch so lieb hätte und so herzlich anblickte, wie der
Großonkel die Tante, obwohl er kein einziges zärtliches Wort zu ihr
spricht. – Träume, Schäume.

Tobias hat mir auch anvertraut, daß er so sehr gern studirt hätte,
– er wollte Arzt werden, – aber der Großonkel hatte von seinem
Bruder Robert her ein solches Grauen vor der Universität, daß er
Tobias mit Thränen beschwor, von dem Wunsch abzustehen. So hat
er nun seines Großvaters Beruf mit rechtem Ernst ergriffen und tritt
ein gesegnetes Erbe an; die Verwaltungsaktuarstochter kann die
Hälfte ihrer fünfzehn Geschwister darauf versorgen.

Nun sind es wenige Tage noch bis die Mutter kommt und Bruder
Eduard! ich freue mich unbeschreiblich. Diesmal helfe ich doch

selbst beim Buttern, es schmeckt ihr gewiß besser, und ich darf alles allein kochen, wenn sie da sind, das hat mir Großtante versprochen. Und wenn die Mutter erst das Blumengärtchen sieht! Nur an eine Trennung von hier kann ich nicht denken.

Gewiß, Julchen, Du mußt später auch kommen zu Deiner Landwirtschaftlichen

Fanny.

N. S.

Also wahr mit Almorini?

Trauet, Schwestern, Männerschwüren nie!

Nun, Herz, ich bitte Dich nochmals, verbrenn' alle meine Briefe, in denen auch nur entfernt von ihm die Rede ist, – alle, hörst Du, begrabe alles in's tiefste Schweigen. Ach, Gottlob, daß ich wenigstens nie ein Wort mit ihm gesprochen habe als die Antworten in der Lehrstunde. Nochmals begrabe alles.

> Weißt du, warum der Sarg wohl
> So groß und schwer mag sein?
> Ich legt auch meine Liebe
> Und meinen Schmerz hinein.

Noch eines, Julie, im Vertrauen! Meinst Du auch wirklich, daß ich ihn geliebt habe?

*

11.

Liebste, beste Julie, die Mutter ist hier und Eduard, und sie finden mich so gut aussehend und wir sind alle so glücklich!

Heute feierten wir Großonkels Geburtstag in der Rebenlaube im Blumengärtchen und noch ein Fest, rathe einmal: – meine Verlobung mit – mit – nun in Gottes Namen soll's heraus, mit Vetter Tobias. Nun, liebes, liebes Herz, beklagen darfst Du mich nicht, ich habe es freiwillig gethan, ich glaube, daß ich glücklich, recht, recht glücklich werde, und – aber Du darfst mich nicht verachten, – ich glaube, ich liebe ihn und habe nie einen Andern geliebt, und wenn ich seine Hand fasse, so fasse ich sie mit so inniger Zuversicht, – den Halt und Hort meines Lebens.

Wie das so schnell gekommen? Ach, liebes Herz, es ist eigentlich langsam gekommen, wenn ich denke, wie wir uns einmal so fremd, fast feindselig betrachtet haben. Ich weiß es kaum, – es war heute in der Früh, – ich stehe wirklich sehr früh auf, – da ordnete ich die Laube, und Tobias kam und sprach lange nichts, und ich fühlte Wohl, daß er etwas auf dem Herzen habe, – liebes Herz, ich hab's schon lange gemerkt, trotz der Sophie mit fünfzehn Geschwistern, – da fragte er endlich, – ach, ich kann das alles nicht so schreiben, vielleicht flüstere ich Dir's in's Ohr, wenn Du kommst.

> Waren's doch die Zauberworte,
> Daß ich ihm auf weiter Erde
> Die alleinzige Geliebte
> Sei und ewig bleiben werde.

Und ich sagte nicht nein, und ich sah endlich auf in ein verklärtes Angesicht, und es war mir, als sei ein ewiger Sonntag angebrochen.

Mir war recht bange, wie es Großonkel und Tante aufnehmen, – ich Kindskopf einst Herrin und Erbin dieses Gutes! Aber sie nahmen mich auf als ein geliebtes Kind; – bei der lieben Mutter waren wir zuerst gewesen, – die kann nur weinen vor Freude. Eduard freut sich königlich, daß er einen Schwager hat, und einmal auf unsern Ackerpferden reiten darf.

Aber wir sind noch so gar jung, ich wenigstens, – Tobias ist schon sechsundzwanzig, – da soll er noch ein Jahr reisen, – früher sein sehnsüchtiger Wunsch, dem er aber jetzt, glaub' ich, gern entsagt hätte, und derweile soll ich ungeschicktes Kind mich zur Hausfrau ausbilden. Nun, Gott helfe dazu! Ich habe an der Großtante eine liebe und geduldige Lehrmeisterin.

Dem Annamreile haben wir in ihrer Dachkammer eine Brautvisite abgestattet, und ich hab's ihr endlich begreiflich gemacht, daß ich die Enkeltochter ihres Heinrichs und der schönen Rosalie bin. Sie lachte und weinte, und sie meint, ich habe die Haare von der Rosalie, aber die Augen und das Herz von der Bertha.

Liebste, beste Julie, ich glaube, ich habe mein eigenes Herz, und das ist ein sehr fröhliches und ein sehr kindisches und gehört

Deiner glücklichen
Fanny.

Ich habe es Tobias auch anvertraut mit Almorini, und bat ihn, nicht zu lachen. Er sah mich mit recht ernsthaften, fast traurigen Augen an (ich ihn gar nicht), dann aber lächelte er doch und sagte: »Cousinchen, *wie* früh muß man denn kommen, um eines Mädchens erste Liebe zu sein?«

Denke, Tobias sagte mir, daß er auch Robert heißt, und hat mir die Wahl unter seinen Namen gelassen; Robert klingt natürlich doch hübscher und nobler; Du sagst also den Mädchen, mein Bräutigam heiße Robert.

*

Ein Frauenbrief

Sechs Jahre später

Endlich, liebe Julie, haben wir Hoffnung, Dich bei uns zu sehen; wer hätte gedacht, daß es so lange ansteht, bis Du mich in meiner Heimath besuchst? Komm nur, Du sollst das Stübchen bewohnen, wo ich als Mädchen residirte, es ist etwas eleganter als damals; der Fensterteppich, an dem ich so lange gestickt, ist wirklich einmal fertig geworden, wann und wie weiß ich nimmer, denn jetzt gehören schöne Arbeiten für mich auch zu den »begrabenen Träumen,« weißt Du noch?

Komm nur, Du sollst Deiner Gouvernantensorgen für eine gute Weile vergessen und sollst Dein Erziehungstalent üben an meinen leider sehr unerzogenen kleinen Kreaturen. Ich habe das pädagogische Kolleg lange schon vergessen. Sie sind aber doch köstlich, besonders der kleine Bube, der jetzt eben auf meinen Stuhl geklettert ist und ruft: »Mama, net beibe!« (schreiben.)

Ich muß eilen, Beste, ich lasse Kartoffeln stecken, und wenn ich nicht selbst auf den Platz komme, so werden sie mir verwechselt, Tobias versteht das Brachfeld nicht so; er heißt nämlich längst wieder Tobias, er hörte mich nie, wenn ich ihm Robert rief, und als Tobias habe ich ihn ja liebgewonnen!

Meiner Garderobe sollst Du Dich annehmen, wenn Du kommst, ich könnte mich wahrhaftig nicht mehr über den Grenzen der kleinen Stadt sehen lassen, ich habe so wenig Zeit, an mich zu denken.

Du mußt unser Herrenhaus unterhaltend finden, jetzt enthält es drei verschiedene Generationen. Oben, wo Annamreile's stille Heimath war, hat die Mutter ihre allerliebsten Zimmerchen, Tobias war so sehr freundlich und rücksichtsvoll auf ihre Ausschmückung bedacht; die Mutter lebt sonst mit uns und ist so froh, der häuslichen Sorgen enthoben zu sein, ihr zierliches Stübchen ist aber ein Festsaal für die Kinder.

Im zweiten Stock residiren die Großeltern, sie haben sich nach ihrem einfachen Sinn eingerichtet; das Kanapee mit dem alten Barchentüberzug und der schwarzlederne Lehnstuhl; aber es ist unbeschreiblich behaglich bei ihnen. Tobias staunt auch, daß die Großmutter sich so leicht in die Ruhe finden konnte, sie aber versichert, ihr sei sehr wohl dabei, und ich lasse ihr gar nicht zu viel Ruhe: ich springe wohl zehnmal die Treppe hinauf mit meinen häuslichen Anliegen und Fragen, und die gute Großmutter in ihrer stillen Weise arbeitet heute noch mehr mit ihrem klugen Wort, als ich mit Händen und Füßen.

Tobias hat als Empfangsfeierlichkeit für Dich auch das Klavier stimmen lassen, ich komme so selten zum Spielen, außer unserem Choral am Sonntag Morgen, wo Groß und Klein mit einstimmt. Meine Rosa hat wirklich ein allerliebstes Stimmchen. Die Guitarresaiten habe ich leider abgelöst, um Seife damit zu schneiden, und das himmelblaue Band ist ein Wiegenband geworden. Wenn aber die Kinder größer sind, will ich meine alten Künste wieder hervorsuchen, auch italienisch und französisch; – spanisch ist mir indeß hie und da etwas vorgekommen.

Das Buttern habe ich indeß gelernt, sogar das Melken, wenn's noth thut, – was ich aber noch nicht gelernt habe, das ist die Stille und Ruhe, mit der die Großmutter ihr Tagwerk vollbrachte; es geht bei mir noch geräuschvoll genug zu. Großmutter meint, dafür sei ich frischer und heiterer, und das ist auch wahr, mit so dreistimmiger Begleitung durfte sie doch nicht arbeiten. Wenn ich sie aber frage um das Geheimniß ihres stillen Schaffens, so zeigt sie mir das Tischchen am Fenster gegen Morgen, auf dem ihre Bibel liegt: »das ist mein Zauberbuch, und kein Tag war je so unruhig und kein Geschäft so dringend, wo ich nicht dafür eine stille Morgenzeit gefunden hätte.« Julie, liebe Julie, da bleibt mir noch viel zu lernen!

Du mußt uns nicht für ganz verbauert halten wegen der entweihten Guitarresaiten, ein gutes Wort und ein gutes Buch findet jedoch immer noch seine gute Statt bei uns, zumal zur Winterszeit, wo wir unsere Abendkränzchen mit Pfarrers halten.

Unser Gefährt holt Dich ab, – nicht mehr die grüne Kalesche, Tobias hat zu meinem ersten Geburtstag im Ehstand ein neues gekauft, das freilich wenig gebraucht wird. – Ich schicke Dir ein Verzeichniß der Sämereien, die Du mir mitbringen könntest, auch von dem Reis zu herabgesetzten Preisen, wohlfeile Biber zu Weihnachtsgeschenken für meine Mägde, – man kann nicht zu früh sorgen, – ein hübsches Morgenhäubchen für die Mutter, warme Schuhe für die Großmutter, – am Besten, ich schreibe Dir alles auf einen besondern Zettel.

Schade, daß Du unser Annamreile nicht mehr triffst, dieser ehrwürdigste Rest der ältesten Generation liegt seit vier Jahren auf dem Kirchhof, wo unser Geschlecht schon eine lange Reihe füllt. Sie hat meine Rosa noch erlebt; dies neue Glied hat aber ihre genealogischen Erinnerungen gänzlich verwirrt, – eine Urenkelin der schönen jungen Rosalie, – das ging über ihren Horizont. Nun aber hat der Brief sechs Seiten! eine unerhörte That für mich, die seit Monaten keinen Brief geschrieben als an Müller und Kaufleute.

Das kleine Volk wird laut an allen Ecken. Du kommst ja selbst, dann sollst Du sehen, wie ich mich als Landwirthin gemacht, und Tobias soll Dir erzählen, wie weit ich noch hinter seinem Ideal zurückstehe.

Komm bald, meine Liebe, zu

Deiner glücklichen
Fanny.

Über tredition

Eigenes Buch veröffentlichen

tredition wurde 2006 in Hamburg gegründet und hat seither mehrere tausend Buchtitel veröffentlicht. Autoren veröffentlichen in wenigen leichten Schritten gedruckte Bücher, e-Books und audio-Books. tredition hat das Ziel, die beste und fairste Veröffentlichungsmöglichkeit für Autoren zu bieten.

tredition wurde mit der Erkenntnis gegründet, dass nur etwa jedes 200. bei Verlagen eingereichte Manuskript veröffentlicht wird. Dabei hat jedes Buch seinen Markt, also seine Leser. tredition sorgt dafür, dass für jedes Buch die Leserschaft auch erreicht wird.

Im einzigartigen Literatur-Netzwerk von tredition bieten zahlreiche Literatur-Partner (das sind Lektoren, Übersetzer, Hörbuchsprecher und Illustratoren) ihre Dienstleistung an, um Manuskripte zu verbessern oder die Vielfalt zu erhöhen. Autoren vereinbaren direkt mit den Literatur-Partnern die Konditionen ihrer Zusammenarbeit und partizipieren gemeinsam am Erfolg des Buches.

Das gesamte Verlagsprogramm von tredition ist bei allen stationären Buchhandlungen und Online-Buchhändlern wie z. B. Amazon erhältlich. e-Books stehen bei den führenden Online-Portalen (z. B. iBookstore von Apple oder Kindle von Amazon) zum Verkauf.

Einfach leicht ein Buch veröffentlichen: **www.tredition.de**

Eigene Buchreihe oder eigenen Verlag gründen

Seit 2009 bietet tredition sein Verlagskonzept auch als sogenanntes "White-Label" an. Das bedeutet, dass andere Unternehmen, Institutionen und Personen risikofrei und unkompliziert selbst zum Herausgeber von Büchern und Buchreihen unter eigener Marke werden können. tredition übernimmt dabei das komplette Herstellungs- und Distributionsrisiko.

Zahlreiche Zeitschriften-, Zeitungs- und Buchverlage, Universitäten, Forschungseinrichtungen u.v.m. nutzen diese Dienstleistung von tredition, um unter eigener Marke ohne Risiko Bücher zu verlegen.

Alle Informationen im Internet: **www.tredition.de/fuer-verlage**

tredition wurde mit mehreren Innovationspreisen ausgezeichnet, u. a. mit dem Webfuture Award und dem Innovationspreis der Buch Digitale.

tredition ist Mitglied im Börsenverein des Deutschen Buchhandels.

Dieses Werk elektronisch lesen

Dieses Werk ist Teil der Gutenberg-DE Edition DVD. Diese enthält das komplette Archiv des Projekt Gutenberg-DE. Die DVD ist im Internet erhältlich auf **http://gutenbergshop.abc.de**

Zeitfracht Medien GmbH
Ferdinand-Jühlke-Straße 7
99095 Erfurt, Deutschland
produktsicherheit@kolibri360.de